神奇的刺青
——西双版纳文身调查

赵丽明　许多多

清华大学文身SRT课题组　著

清华大学文身SRT课题组
赵丽明　许多多
钮晨琳　邵晓钰　郭　昊
刘　宽　滕　达

学苑出版社

图书在版编目（CIP）数据

神奇的刺青 ：西双版纳文身调查 ／ 赵丽明，许多多

著．－北京 ：学苑出版社，2011.4

ISBN 978－7－5077－3779－0

Ⅰ．①神… Ⅱ．①赵… ②许… Ⅲ．①文身－调查研

究－西双版纳傣族自治州 Ⅳ．① K892.29

中国版本图书馆 CIP 数据核字 (2011) 第 072234 号

策 划：刘 涟

责任编辑：洪文雄 杨 雷

装帧设计：徐道会

出版发行：学苑出版社

社 址：北京市丰台区南方庄 2 号院 1 号楼

邮政编码：100079

网 址：www.book001.com

电子信箱：xueyuan@public.bta.net.cn

销售电话：010－67675512 67678944 67601101（邮购）

经 销：新华书店

印 刷 厂：北京信彩瑞禾印刷厂

开本尺寸：787×1092 1/16

印 张：9.5

版 次：2011 年 5 月第 1 版

印 次：2011 年 5 月第 1 次印刷

定 价：68.00 元

目　录

文明的衔接——写在前面

文身是古代文明，纹身是现代时尚。它们都是在人的身体上作画。血肉壁画，刻骨铭心，寄托着这个身体的精神企盼。

今天，在不多的地方，同一个族群、同一个时空，文身居然共处同现。

2003 年联合国教科文组织 32 届会议讨论提出的《保护非物质文化遗产公约》中，专门强调：非物质文化遗产（无形文化遗产）指的是：各种以非物质形态存在的与群众生活密切相关、世代相承的传统文化表现形式，包括口头传统、传统表演艺术、民俗活动和礼仪与节庆、有关自然界和宇宙的民间传统知识和实践、传统手工艺技能等以及与上述传统文化表现形式相关的文化空间。

什么是非物质文化遗产？其中重要的即是"生活空间"，说白了，就是"各有各的活法"。包括衣食住行、生老病死，还有婚俗丧葬、治病祛灾。

无论是文身，还是纹身，都是自我身份的某种认同和展示。

乡下人向往城里人，过去"农转非"比登天还难；现如今，没了户口限制，粮票、肉票的时代过去了，只要有勇气，冲出家门，便可打工，便可算上临时城里人。而更奇怪的是，城里人又往乡下跑了。这时兴的身份咋就倒过来了呢？

从上山下乡，到洋插队，到"海龟""海带"，人们的身份，可以用勤奋加机遇，天才加汗水，去改变，可以衣锦还乡，也可以浪迹天涯，成为地球人、世界公民。

在古代，可没那么容易。活着是谁家的，死了去哪？身份证是很晚很晚的事，在中国只有 20 年，那 2000 年前呢？ 2 万年前呢？ 20 万年前呢？ 200 万年前呢？

连字都没有，别说"证"了、"卡"了。于是人们在自己身上刻！活着是这个族群的人，死了是这个族群的鬼。否则，祖宗不认，魂归何处呢？这是现今能访问到的文身老者最浅显明白的回答之一。于是文身产生了！——原来文身是这样产生的！那现在怎么又成了最时髦的"刺青"了呢？这古老原始的习俗，怎么就和今天衔接上了？

正是怀着这种种疑问，我带领几个清华大学大一的学生踏上追寻文身、探秘文身之路。2009年暑假，经过一大堆的案头工作之后，我们选择了西双版纳。因为查阅资料时得知，西双版纳的傣族、布朗族有文身习俗。现在还能看到吗？

一到景洪，西双版纳傣文报的玉康龙老师就安排大家和当地民族宗教局的领导见面。同学一下子就兴奋起来，原来这里许多干部手臂上就有文身！在景洪的大街上随时可见文身者，常常在路边就开始调查。当走进勐腊、勐海的山寨竹楼，无论是傣族还是布朗族，到处都有文身者，果然我们走进了一个文身博物馆！

这里有古老的蛟龙纹饰，也有"文革"时留下的毛主席像；既有小乘佛教的经文，也有现代的猛龙。我们惊奇地发现，历史与现代是这样近距离地衔接，原始信仰和当今时尚是这样紧密接触。

提起西双版纳这个美丽的名字，人们耳边立刻会响起婉转深情的芦笙恋歌，眼前会浮现婀娜美丽的孔雀舞，也会想起欢快的泼水节。然而，直到工作结束，打包回家时，大家才发现，忙了十几天，怎么一个西双版纳的景点也没看。清华学子们匆匆踏上归途。我也要马上赶到昆明，在16届国际人类学大会上做报告，满载而归的行囊里的第一手资料，还要马上整理。

究竟是什么使最初的图腾延续至今，是什么使血肉雕刻生生不息！是什么使当今前卫青春与几千年前的古老理念对接。

也许，翻开这本书，你会找到答案。

赵丽明

序

在人类社会的各个阶段，人们的基本需求是生存、繁衍和发展。为了生存，人们必须躲避各种灾害；为了繁衍，必须有异性的吸引；为了发展，必须有群体的团结和战胜各种艰难险阻的创造力。这种基本需求，在社会发展的早期阶段，就常常体现在一种人体的艺术表现上，这就是：文身。因此，文身习俗几乎遍及全球各大洲的许多原始民族中，并延续下来，直到今天。

傣族和布朗族是古代越人和濮人的后裔，历史上早有关于他们文身的记载。当这种习俗与一个民族的生存、繁衍和发展相联系的时候，它就能以顽强的生命力长期延续下来，历经数千年之后，在傣族和布朗族的现实生活中依然可以找到它们的痕迹。但随着社会生活的变化越来越加速，这种古老的习俗也越来越淡化了，以致慢慢地趋于消失。于是，对这样一种有久远渊源的文化现象就有必要进行更深入的了解和研究。清华大学人文学院的赵丽明教授和她的几位学生就是做了这样一件有意义的工作。他们到西双版纳实地调查，通过口述史、问卷、数据库、图谱、调查笔记、感言和 DV 片，掌握了大量原始资料，为了解、解读、研究文身和文身现象提供了真实、可靠的第一手材料。

文身现象在我国古代的文献中早有记载，但对文身现象的科学研究应该是始于20 世纪。1951 年我在上海复旦大学社会系就读的时候，当时的系主任刘咸教授给我们上人类学课，就讲了不少文身问题，他大概是我国研究文身现象最早的学者，他的著作《海南黎人文身之研究》也是我国对文身进行科学研究的开山之作。当时闻有先生曾称"此诚吾国人类学上划期之鸿著也"。自那以后，整个 20 世纪及 21 世纪的头一个十年中，文身现象的调查研究的论文和著作大量出现，而其中值得注意的专著应是 2007 年出版的刘军著的《肌肤上的文化符号——黎族和傣族传统文身研究》一书。

该书在论述的范围和研究的深度上都对前人有所超越。但文身现象不是很容易能穷尽其意义的，它可以从很多角度加以观察，加以阐释。本书的价值就体现在对文身现象的直接观察和体验上。此书有文身者的口述史，有调查者的感悟，有村社的普查比例，有图案的罗列，有调查者的笔记和学术思考，这些活生生的材料令人读了有亲临其境的感觉，特别是所附的文身图谱，保留了文身历史的书面资料，弥足珍贵，对以后的研究者也有重要的资料价值。我想，一种重要的历史文化现象，你可以从很多角度加以考察，都会有所发现，有所深入。我读了本书之后，确实受益非浅，这就是本书出版的意义所在了。特以为序。

张公瑾

2010 年 11 月 11 日

一 引言：听文身者讲述

当西双版纳文身文化如一叶扁舟随着滔滔洪流漂向不可触及的天边，舟中之人淡定地过自己的生活，偶尔眺望一眼海天交接处缓缓下落的夕阳。岸上寥寥数人，或是没注意到那小小一帆，或是无可奈何地由它自生自灭。

我们千里寻它而来，此时也是束手无策。追赶不上，挽留不回。不知它将被大海吞噬，还是能与光明同行。

新的一页揭晓之前，我们目睹最后一刻的壮美，心怀最后一瞥的记忆。希望用我们的心、眼、手、耳，为即将远去的版纳传统文身，唤醒更多的文化觉醒者；为正在消融的灿烂文明，留下永恒的瞬间。

（汉）刘安《淮南子·泰族训》："刻肌肤、皮革、被创流血，至难也，然越为之，以求荣也。"[1]

（唐）樊绰《蛮书·名类》："黑齿蛮、金齿蛮、银齿蛮、绣脚蛮、绣面蛮，并在永昌、开南。"[2]

（元）李京《云南志略》："文其面者谓之绣面蛮，西南之蛮，白夷最盛，北接土番、

---

1 （汉）刘安等著《淮南子》，上海古籍出版社1989年。
2 （唐）樊绰撰《〈蛮书〉校注，续校、补校》，中华书局1985年。

南抵交趾，风俗大概相同。"[1]

（明）钱古训、李思聪《百夷传》："车里亦谓小百夷，其俗刺额、黑齿、剪发状如头陀。"[2]

（1933）李佛一《车里》："（傣族）男子尚有纹身雕题，当学僧之初，即由其爬·于胸背额际腕臂膝之间，以针刺种种形式，若鹿若象，若塔若花卉，亦有刺符咒格言及几何图案者。"[3]

当地民间流传着一些文身起源的故事。譬如《西双版纳传说集粹》[4]中的口述故事：

天地还一片混沌的远古，傣族祖先藉一颗高挂在菩堤树上的夜明珠带来光明。一天，有个魔鬼把夜明珠偷走带到天边，藏在非常深的岩洞里。世界一片黑暗，毁灭的灾难即将来临。一个叫宛纳帕的小伙子，决心找到魔鬼，夺回夜明珠，让光明重照人间。他带着长刀弓弩踏上征途。一路跋山涉水，边走边用藤子打结记事，结打得久了就会忘记。后来，他见路边有一种流出黑树浆的树，就用树浆把经过的道路和景物画在身上。但日晒雨淋、汗水流淌，黑树浆画的印迹很快就看不清了。为了保存路过的标记，宛纳帕就用硬刺把皮肤划开，让黑树浆渗进皮肤里。当他浑身刺满了花纹找到魔鬼时，魔鬼吓得抱着夜明珠准备逃跑。勇士宛纳帕杀死魔鬼，夺回夜晚珠，靠着身上的标记返回家乡，把夜明珠重新高挂在菩堤树上。当人们重见光明时，全身刺满花纹、满头白发的英雄宛纳帕却累倒在地上，默默地离开了人间。为了纪念他的英雄壮举，男人便开始在身上文刺各种图案，一代一代地流传下来，以寄托对英雄的崇拜和对祖先的怀念。[5]

从 2009 年 3 月 "少数民族文身文化记录与解读" SRT 项目立项之后，经过 4 个月的文献调研与询问请教，我们确定了暑期田野调查的地点。半个月间，我们走遍西双版纳自治州的勐腊、勐海、景洪三地 11 个村寨，访问 34 位文身者，普查一个

---

1 （元）郭松年、李京《民族调查研究丛刊·大理行记校注·云南志略辑校》，云南民族出版社 1986 年。

2 （明）钱古训撰，江应梁校注《百夷传校注》，云南人民出版社 1989 年。

3 文字转载参阅 http://www.chinathink.net/forum/print_2006_190845.html，高工，《民俗采风——傣族皮肤上的佛像佛经》，2008.3.6。

4 《傣族男子为什么要文身》，《西双版纳旅游文化丛书·西双版纳传说集粹》，征鹏主编，云南美术出版社 2004 年，74 页。

5 转引自：刘军《文身——亟待保存和研究的物质性非物质文化遗产》，《中央民族大学学报（哲学版）》2006 年第 1 期。

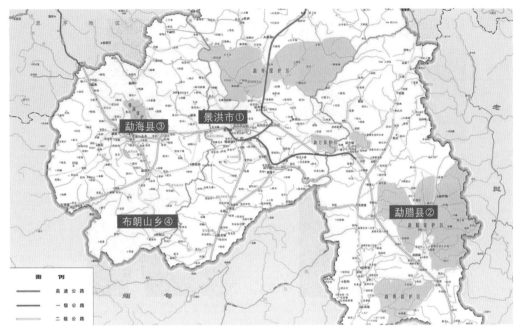

考察地点分布

西双版纳傣族自治州在云南省的位置

双臂共文一千个圈，表示刀枪不入。

臂上经文，也是保佑的意思。

环腰的莲花座中文各种动物，有羊、牛、孔雀等。

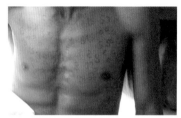

胸前经文，保佑刀枪不入。

女子通常只在腕内文一小图，表示是傣族人。

大腿上的花纹起的是装饰作用。

小腿文马，表示跑得快。

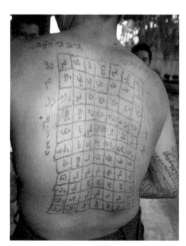

背部的符咒，保佑刀枪不入。

300 余人口村落的文身情况，并请教相关文化部门，行程总计约 1000 千米。

走进西双版纳，我们被震撼了——文身几乎随处可见！接待我们的民委干部手臂上都有文身。文身可以说是这一地区的文化特色之一。《西双版纳傣族自治州 2008 年国民经济和社会发展主要统计指标·人口》数据显示：全州地区户籍数 644033 人，傣族 314834 人，为当地第一大少数民族，布朗族 44537 人，名列第四。而文身主要集中在傣族和布朗族的男性身上。根据历史文献记载，文身的部位有周身以及面部、腿部、耳部等。图案涉及动植物、佛教物品等。

傣族、布朗族的男性几乎全部文身，女性也有少量文身，主要是作为傣族、布朗族人的标志。文身年龄以 10 岁到 20 岁之间较多。以勐海县布朗山乡曼歪村为例，全村 77 名文身者中，68 人在 10 岁到 20 岁之间文身。这期间男性多在缅寺出家（受教育）。若 20 岁后升当大"佛爷"，则会再多文一些，所文图案通常是象征"佛爷"地位，如腰部的莲花纹。腰部受文更加疼痛，也有考验意志力的含义。也有 40 岁左右时文身，这主要因为其他一些原因，如在战争中保平安、学习武功口诀等。

传统的傣族、布朗族文身，少数会有进香的仪式，多数是选定图案、交费后就在缅寺中进行。文身前有人需吸鸦片麻醉，有人不要。文身时，受文者躺在地上，文身师傅坐着，用两脚踩住或撑开要文的部位，用装有长柄的文身针刺。文身针，多为铁制的绣花针排成，针的根数不同则刺纹尺寸不一。针后可装长柄。有的师傅先描图案，但多数是直接刺。图案有一定规律，是根据图谱选定的经文或图形。针只刺到皮下很浅的位置，出血不会很多。很疼，很多人会大哭。文身针蘸有墨汁或当地自制的烟灰墨水，用木炭烧制取其冷却的灰烬。也有的用红色矿物颜料调制。术后有时用当地草药清洗消炎，自制力强者则不要——他们认为纹饰是神圣的，不能够有东西去洗。休养一周左右，自然结痂、脱落。文一处花纹一般需两个银元，与文身师傅熟悉的有时用鸦片烟、米、布、蜡条等交换。当时的五个银元相当于一头大猪。

不论是从相对静止的观点分析傣族与布朗族文身的功能，还是从历史的角度看待文身的发展，文身都记录了一种信念。一是对祖先的纪念。傣族和布朗族的普通百姓，男子名前都加"岩"字（读为"皑"），女子名前都加"玉"字。（贵族则分别加"召"字和"南"字。）他们的祖先是一种宽泛的概念，所有人因为姓氏相同而拥有同一个祖先，成为亲人。他们没有各家上坟的习惯，但一村一寺，关门节时到寺中念经、悼念。（"关门节"、"开门节"、"泼水节"是傣族最重大的三个节日。"关门节"时间在傣历 9 月 15 日，阳历的 7 月中旬。到"开门节"的三个月中，也恰是当地的雨季，人们多数时间不出远门，在村中进行一些佛教活动）二是对美的追求。文身师傅对腰上图案的解释是莲花座中刻着牛、马等牲畜，以求富足。

二　田野调查：勐腊傣族文身

经过近4个小时的长途颠簸，7月18日中午12点半，我们从西双版纳傣族自治州首府景洪市到达了地处云南省最南端的勐腊县。

县民族宗教局妹安局长和罗锋师傅载我们去罗锋师傅的家兼餐馆用餐。这是一座普通的四方形农家院落，二层小楼，一间独立的大厨房，两建筑之间是宽敞的凉棚，供休憩饮茶。楼前一道半开放的长廊，转过弯通向院角的凉亭。我们围坐在凉棚中闲谈。看见院墙上挂着渔网，院外露出葱茏的棕榈树。主人端出一盘鲜脆欲滴的莲雾，我们一行多来自长江流域以及更北的地方，对这热带水果都感到十分新奇。正聊着，天空下起了瓢泼大雨，这大概就是热带雨林的特色——对流雨了。

雨过天晴，河水上涨，卷起铁锈色的泥沙，然而不减天空的纯净。我们开始了傣族村寨调查之旅。

勐腊县的六位傣族文身老人

编号	姓名	年龄（岁）	民族	访谈时间	访谈地点
1	岩温遍	73	傣	7月19日	勐腊曼赛图村
2	岩叫	89	傣	7月19日	勐腊景竜村
3	岩书	88	傣	7月19日	勐腊曼洪村
4	波燕囡	71	傣	7月19日	勐腊曼洪村
5	岩坎	79	傣	7月19日	勐腊曼洪村
6	岩叫	80	傣	7月20日	勐腊曼掌村

从景洪去勐腊的路上，雨后河水满涨

在曼赛因村罗锋师傅为我们讲解

罗锋师傅家

曼岭村竹楼上

与曼岭村岩温叫合影

傣族人家

（一）勐满镇曼赛囡村傣族文身调查

上午 9 点，罗师傅的车来了，带我们去较远的村寨。车在狭窄的盘山路上行驶。公路之外就是陡坡，翠竹丛生，坡下一带是蜿蜒的河流。据说，当初修建公路的时候，工人们就在水中炸鱼取食，可是炸得太多，鱼都死光了。

一路经过一些小镇，中午 11 点，我们来到了第一个采访地——勐满镇曼赛囡村。

访谈人：许多多、钮晨琳、邵晓钰、郭昊、刘宽、滕达

地点：勐腊县勐满镇曼赛囡村曼批小组 23 号

日期：2009 年 7 月 19 日上午

翻译：罗锋

问卷记录：钮晨琳

受访人：

岩温遍，傣族，今年 73 岁，住在勐满镇曼赛囡村，世代务农。村里依然保留着四位老人做寨老的习俗。老人家身体尚佳，只是腰部经常疼痛。家里三代六口人，两个老人，儿子和儿媳，还有两个小孙子。早先在勐腊当和尚，1958 年 20 岁的时候当"佛

与岩温遍合影

爷"，到勐满落户。老人家已经忘了自己的生日。说原来是用傣历的。出生那天和尚、老人就在布上写一个婴儿的属相，哪天生，属什么，但是他忘记那天是什么了。傣历和现在汉历的换算很麻烦，有一定的出入，现在算不准他的生日了。（由于受访人无法用普通话交流，故访谈由翻译转述）

访谈内容：

翻译介绍：他9岁进寺庙，一共待了17年。19岁那年傣族专门从事文身的手艺人给文的身。文身师傅的本名不知道了，但记得大家给他取了个绰号。他眼睛不好，两只眼睛有白内障。我们傣族觉得喜欢就取，"波涛大人"意思是眼睛不好的老人。他在另外一个叫曼浓的村寨里，人们需要的时候就去那儿找他文身。

问：这些图案有什么含义吗？

答：小臂上这个是汉族的〇，双臂合起来他有1000个。这个的意思是不管到哪里去都比较顺畅平安，不管到哪里都有这个图案保佑。他中间的纹路是红的，是用黑的以后用红的。因为黑的圈之间要有一定的间隔，两只手刺不够1000个，不够数就用红的点在中间，红颜色起区别的作用。每个间隔处都有个红的。现在不怎么清楚了，隐隐约约能看见。我们是不敢刺这个。

问：文身中红颜色比较稀少，是否有特殊的含义？除了青、红两色还有其他颜色吗？

答：也没有什么实在意义。因为他刺的这个图案要1000个，两个手刺不满1000

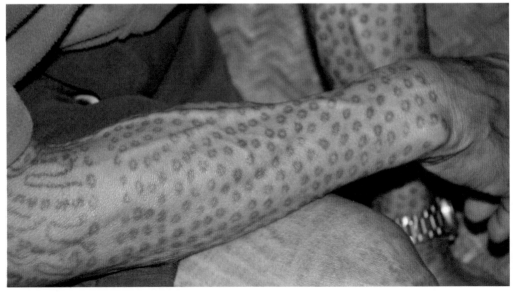

岩温遍手臂上的圈纹

个。因为如果再刺黑的，就会连起来、破坏图案了，因此用红的补充。一般不用红色，但是这个因为不够数，就用红颜料。黑的叫 /me/（此为国际音标记音，后同），跟我们的墨是一样的，但是红颜色叫 /xam/。一般也就这两种颜色。红颜色一般不用，因为容易发炎。一般都用墨，就是汉族固体的那种墨。红颜色也是固体的，也是需要的时候才和水。但是很多人都不敢用红颜色刺。

大臂上也是经文，是辟邪的咒语。腿上的纹路一直文到腰部以下，没有什么含义，傣族喜欢装饰，就选择一个自己忍受得了的图案。一方面是好看，一方面证明自己是男子汉。

问：这些经文是贝叶经吗？他手上经文写的什么？

答：图谱不是贝叶经。文身师傅从事这个行业，就有这些相关的书。图谱上经文也是出自贝叶经，但是他从什么地方抄来的也不知道。手上写的咒语，是一种书写的形式。和艺术字一样，是一个字的变形。这个位置空了太多，他就把最后的字拉长一点，但都知道是字。

问：这些经文成文吗？为什么只文了一只手？

答：不成文。他手上刺的也是一个字。就相当于一个圈，一种发音的形式，是拼音上的某个字，比较好的，也比较简单，就写一个〇。傣文书写上有这么一个字。咒语上有，可能哪个单词有这么个字。这是刺青的一种方式。（指着臂上花纹）这只是图案。这样刺就有一定意义，表示平安。这表示辟邪。傣族发音和傣字对应。有几个发音，比较好听的、有意义一点的，自己比较喜欢，就选几个刺就在上边。这个没有什么实在意义，根据自己喜好，对哪几个字比较崇拜，自己比较喜欢。就像有些人刺汉字，写个龙啊，佛啊，是一样的。但是他刺的很小，只能刺在这个位置。它只是几个发音，就像拼音的一种字母，没有对应的汉字。刺一只手是因为不愿再刺了。

问：文身前有无仪式、花费？文身过程是怎样，多长时间，需要麻醉吗？恢复用了多久？

答：要交银元。一块银元一只手。四肢各一个，就四块银元。文身地点在傣族的楼房。我们原来都是真正意义上的竹楼。龙竹柱子，板也是用竹或者篾子排的，全部都是用竹。傣族房子，进去时候里面还有一个客房，进去的右手边是卧室。里边还有客厅，厨房客厅都是在一个位置。按傣族的（规矩），原来的竹楼有火塘，在客厅的前面一点，也是卧室的旁边。在场就师傅跟他。人去看了就不敢再文。疼痛程度只有自己知道，也不敢说，再说就没人去刺了。

刺的时候拿针蘸墨，没有画，针是自制的。文身师傅根据经验掌握深度，靠签（文身针）的惯性刺。只刺在皮下，一般毛细血管出血较少。刺的时候一只脚踩在他身上，

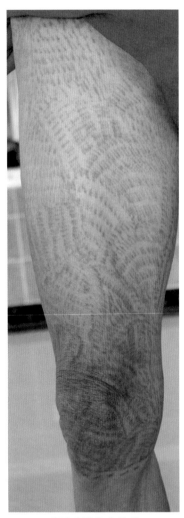

岩温遍腿部的纹样

半跪半踩着。把皮肤弓紧以后，用两只手刺。没有消毒，就这样蘸了墨刺。

文身师傅有几个式样的图案，自己挑选。抽了鸦片，麻醉了以后再刺。他比较勇敢，一天就刺完。刺完以后路都不能走，手也不能动了，吃饭是父母喂。五天以后自然结痂，掉痂后要用一种我们这里产的树生草药，采来打药水洗，有消炎的作用。

问：师傅现在还有图谱吗？那些工具有没有传下来？

答：不清楚。应该都没有传下来了。现在没有再继续做这样文身的人了。

问：爷爷的孩子有再文身吗？有没有想过让他们继续文身？

答：没有。自己的都疼得受不了，不会再让子女去受这个罪。年代不一样了，原来都是因为战争、还有自然环境比较恶劣一点，都希望文身。现在没必要证明什么了。

在岩温遍家中，我们受到了热情的款待。村民们不断地发起干杯"seisei，seiseisei"的欢呼，每个人的兴致都很高。

主人家的女主人们手腕上都有纹饰。于是我们就半懂半猜地用普通话交流起来。阿姨脸上一直带着腼腆的笑容。

从她的只言片语中，我了解到文身主要是男性文了作为装饰的，女性一般只在手腕上文一个小图案，作为傣族人的标志。她与婆婆双手手腕上文的都是类似十字架的形状。之前我们都在关注岩温遍老人，渐渐发觉，在场的村民也多有文身。有些是传统的经文、图案，有些则是现代的，譬如蝎子。

一顿午餐，从中午直吃到下午将近4点。天色不早了，罗师傅带着我们告辞，赶赴下一个村寨。

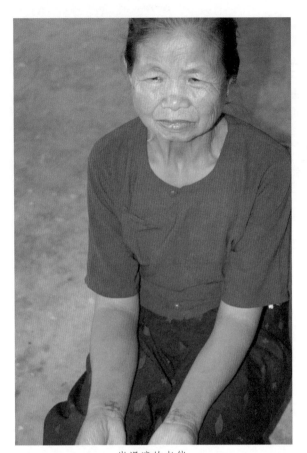

岩温遍的儿媳同两个女儿

岩温遍的老伴

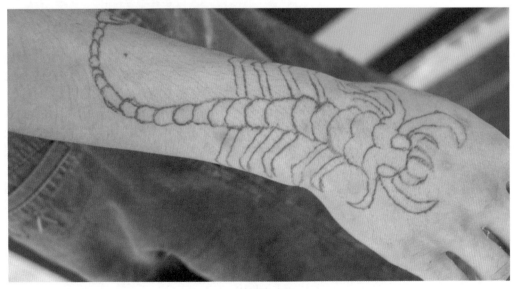

村民文身

文身者基本情况登记表

一、基本情况			
姓名	岩温遍	测量地点	勐满镇曼赛因村委会曼批小组
族名	傣族	测量日期	2009 年 7 月 19 日
性别	男	照片号数	19
年龄	73	健康状况	病名：腰疼　原因：老化
生地	本地	身体变态	形态：文身
宗教	佛教		部位：四肢
语言	傣语	原因	美观、辟邪、保佑、证明勇敢
职业	家长：务农	时期	19 岁（和尚）
	个人：务农		
祖上来历	父辈：	文身人	文身师傅波涛大人（眼睛不好）
	祖辈：	分几次完成	1 次
	曾祖：	工具药品	针、墨水、/xam/（傣语，一种红色墨水，一般不用，易发炎）、特殊药水（脱落后不发炎，现失传）、鸦片
	高祖：	花费	4 个银元
子女	数目：	仪式	无
	职业：	术后	吃饭父母喂，不能走路，5 天后结痂脱落恢复
住址	本地	备注	去师傅家里刺，无图谱，直接蘸墨刺
二、解读纹饰			
图案	位置	文身时期	含义
鱼鳞一千片，中间间隔红色圈补满	两小臂	19 岁	保佑平安
经文（咒语、傣字的变体）	右上臂	19 岁	辟邪，鬼神不敢附体
图案	两膝至胯部	19 岁	美观，证明是傣族男人
傣字	左上臂	19 岁	自己喜欢的好听的发音

（二）勐满镇景竜村傣族文身调查

访谈人：许多多、钮晨琳、邵晓钰、郭昊、刘宽、滕达

地点：勐腊县勐满镇景竜村 23 号

日期：2009 年 7 月 19 日下午

翻译：罗锋

问卷记录：钮晨琳

受访人：

　　岩叫，89 岁，出生和生长在勐腊县勐满镇景竜村，世代务农。和其他傣族寨子一样，这里保留传统的寨老制度，寨老代表村民管理村里面祭祀等。村里有 94 户人家，都是傣族。老人同辈有文身的现存还有两位。一个岁数比他稍微大一点，只刺两腿，腰部都没刺，手臂也没刺。年轻的基本上没刺。老人身体很好，只是太老了要拄着拐杖，行动有点不方便。家里六口人，儿子、儿媳妇，还有三个孙子。

　　傣族按照傣历，把生日写在自己纺的一块从来没使用过的白棉布布头上，这是织出后专门留的，每个家庭都有一块。孩子出生的时候，老人就将生辰八字各方面记在上面。岩叫老人也有这样一块布头，记录当时傣历的年月日，跟公历推算很难，他也不清楚。每个人都有，由父母保管。按照傣族的习俗，每个人生的时候都要写。老人搬了地方，可能装箱的时候装在箱子底了，比较隐秘，一下子找不出来。（由于受访人无法用普通话交流，故访谈由翻译转述）

访谈内容：

　　翻译介绍：12 岁到寺庙，18 岁还俗。17 岁当和尚的时候文的身。他也不知道那个人具体是谁，只知道是从勐腊来，由他带到寺庙里帮他们刺的。文身师傅都是吸鸦片的。自己不报姓名，但他会这个手艺，就去给人家刺。

　　问：当时为什么文身？

　　答：并没有规定进寺当和尚就要文，但当时一批在寺里的小和尚比较多，大家都从众文身，不知道是为什么。图案没有什么特殊意义，就是美观。师傅认为这个图案比较美，就帮他刺。腰上的文身和腿上的文身从意义上没什么区别，文身师傅也没讲。

　　问：其他老人胳膊上也刺，他有没有？

　　答：他刺在手上。他说给他刺的师傅讲，要在手臂刺那些经文、咒语，辟邪。但

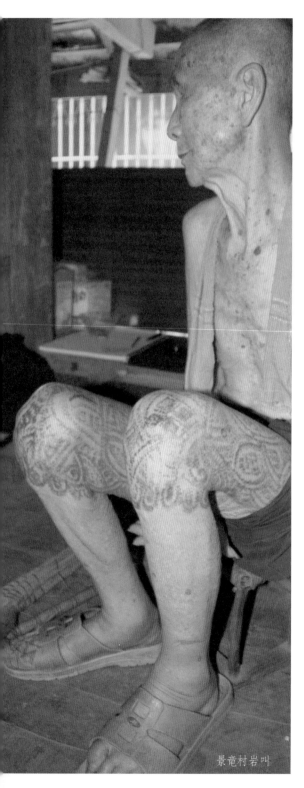

景竜村岩叫

是他们不理解，自己也不喜欢，就没有刺。腰上文身的图案他也不知道，完全照师傅意愿给他刺的图案。因为他们是一般的和尚，对经书的意义不很理解，所以就不知道是怎么回事。就像他们没事刺手背——手背上刺都是一种"咒语"，辟邪的时候就自己看，照着字念，以期起到辟邪的作用。他们达不到"佛爷"程度，念不了经书，所以就不刺，刺了也不知道。文身部位也是文身师傅选，刺得好坏全凭文身师傅的想象力和水平了。傣族男子都要刺。当和尚的基本上是到了"佛爷"的阶段，才在手上刺他们读得懂的那些经文。背不住的时候，或者遇到什么需要，就照着自己手背上念"咒语"。

问：达到"佛爷"，一般要学多少年才能明白那些经文？

答：一般要学到20岁以后。

问：经过这么多年，图案有没有比如消褪这样的变化？

答：刺了以后，图案留下来就一直这样，不会褪掉。

问：当时文身文了多少天？步骤是怎样的？工具是什么？花费怎样？恢复用了多久？

答：总共付了两块大洋。17岁当和尚的时候刺了一个图。18岁升"佛爷"的时候才刺的腰。腿一边各一天，腰一天，一共三天。文身的过程中要吸食鸦片，麻醉的作用跟文身的时间差不多。过了就非常疼。一般能忍受的第二天就刺了，如果忍受不了，就要过两三天再去文另外一处。

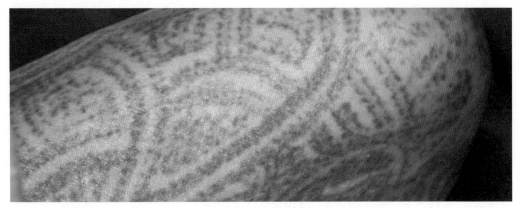

景竜村岩叫腿部纹样

文身的时候没人看，一般也没限制，你高兴看就看，不喜欢看不看。但是一般情况下都不看，怕看了害怕以后不敢刺。

刺腰部的师傅和刺脚的师傅是两个师傅。他17岁的时候文了两腿，18岁的时候文了腰，主要是太疼了。间隔一段时间，才能有勇气再出去刺。像他们那一代，很多文了腰。看自己承受能力，不然刺了以后又要疼。他间隔一年以后才刺腰，当时比较勇敢的，也是十天后才再刺腰。腰部是比腿部更敏感的，刺得更疼。

所文图案是师傅选的图案。他们都没有选择余地，师傅根据自己经验刺。没有什么图案、图谱之类。

刺的工具是一块铁，中间是几个针头。两个铁块合拢，应该有五六个针头，针的部位不长。两块铁板合拢以后，把针尖聚成像梅花针一样。刺的时候，他感觉来来回回，自己没办法看，一针刺下去多大面积他不清楚。

文身师傅坐着，他躺着。文身师傅有个棒，很长，对着要刺的部位，用两只脚踩这边，把皮肤完全展开，刺完了以后，再踩下一个部位。每刺一次差不多八九天才全部恢复。结痂脱落，自然恢复。恢复期间待在上景竜的寺庙。景竜是很大的地方，分两个村寨。现在寨子有上下景竜，但是他当和尚是在上景竜寺庙。

问：如果一天完成，是什么时间段？早晨，中午，下午，还是整个一天？

答：他刺一条腿，时间差不多从早上一直刺到中午，吃饭前就差不多就刺完了。要是他愿意再刺就再刺。受不了就不刺了。

老人的孩子没有再文身了。那些刺青的师傅不固定在哪里。傣族原来习惯是年轻人都要到寺庙里面当和尚，大家都是十五六岁，20岁以前当和尚，一个寨子有很多。看有人刺了，大家都想刺。刺青师傅来了，有经济能力的就刺，没能力的等到有了钱也会刺。那些刺青的师傅，经常过来，有人刺大家就都要刺，他们自己都没有什么想到要更多意义。

问：文身师傅有没有徒弟？现在村寨里还有做文身的这种师傅吗？

答：他也不知道。文身师傅是走动的。他根据和尚们的年龄段，刺了这一批，估计差不多下一批也想刺了，就又来了。那时信息也不方便，不可能是通知他来的。他也不知道文身师傅有没有传徒弟。现在做文身的人他也不清楚。现在年轻人去什么地方，他都不关心，不知道了。

文身者基本情况登记表

一、基本情况			
姓名	岩叫	测量地点	勐腊县景竜村
族名	傣族	测量日期	2009 年 7 月 19 日
性别	男	照片号数	30
年龄	89	健康状况	病名：无 原因：
生地	本地	身体变态	形态：文身
宗教	佛教		部位：双膝至腰
语言	傣语	原因	在寺庙当和尚从众
职业	家长：务农	时期	17 岁（和尚）
	个人：务农		
祖上来历	父辈：	文身人	勐腊云游师傅到寺庙里文
	祖辈：	分几次完成	3 次，腿＋腿＋腰
	曾祖：	工具药品	特制的针、鸦片
	高祖：	花费	2 个大洋
子女	数目：2	仪式	无
	职业：	术后	八九天后恢复，未涂抹药水
住址	本地	备注	文身时可围观，有图谱师傅选图案直接刺，师傅站着，被文身者躺着，经文当"佛爷"以后才能刺，才能看懂会读，"佛爷"20 岁以后可以当，文身属自愿
二、解读纹饰			
图案	位置	文身时期	含义
图案	大腿	17 岁	美观、从众
图案	腰	18 岁	更疼，勇敢，美观

（三）勐满镇曼洪村傣族文身调查

我们从景竜村到达曼洪村后，在村头的办公室里小憩片刻，村委会主任带领我们来到一座宽敞的傣族吊脚楼一层的敞厅。在这儿，我们遇见了三位可爱的文身老人。

访谈人：许多多、钮晨琳、邵晓钰、郭昊、刘宽、滕达

地点：勐腊县勐满镇曼洪村 31 号

日期：2009 年 7 月 19 日下午

翻译：罗锋

问卷记录：钮晨琳

受访人：

岩书，"书"，是"成熟"的意思。88 岁。一家六口，两位老人健在，儿子、儿媳还有两个孙子。老人小时候放牛，骑在牛背上，牛一跑，摔下来，落下了腰疼的毛病。出生在勐捧曼赛竜，在那里当和尚、当"佛爷"。还俗以后到曼赛囡的一个小寨子。结婚则是在曼赛 luan⁵⁵。最后迁到这里。（由于受访人无法用普通话交流，故访谈由翻译转述）

前排（左至右）：波燕囡、岩坎、岩书；后排中：村委会主任

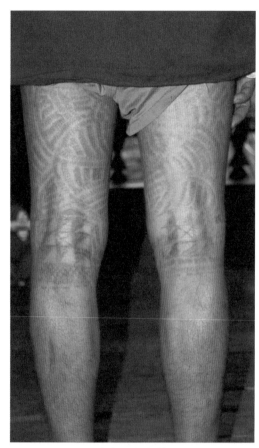

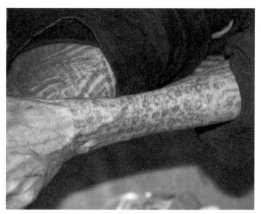

岩书左臂纹样

岩书腿部纹样   岩书右臂纹样

访谈内容：

翻译介绍：他20岁当了大"佛爷"以后才刺。有一定的好奇，但是不单是好奇。傣族男人到了成年都要刺青。也是个到处游动的文身师傅，在寺庙里文的身。

问：腿上和腰上的文身有什么意义？

答：他刺经文，只是为了美。传统男人都要这样刺，意义都一样。手上经文有护身作用，刺了以后刀枪不入之类的。文身师傅这样讲，但他自己也不知道有没有这样作用。右手的第一次刺了以后看了不太好，就重刺了一次，全部刺黑了。纹饰的深浅取决于刺的师傅，墨用得不够深，就会淡。用的墨越多就越浓。

问：文身用了多久？

答：刺腿的是一个师傅，手是另外一个，刺手在刺腿的后面。一共三个师傅。每个相隔一年，一共两年。他当"佛爷"是两年时间，就在这两年时间完成所有的。先大腿，再腰，再手，但相隔时间他自己也不清楚了。文一条腿两个银元，两只手一个银元。文腰差不多也是两个银元。刺的时候出血，一出血就擦掉。文完一次之后要恢复五六天时间。不用任何消毒手段。一直到自然好。

后代都没有文身了。

文身者基本情况登记表

一、基本情况			
姓名	岩书	测量地点	勐满镇曼洪村
族名	傣族	测量日期	2009 年 7 月 19 日
性别	男	照片号数	13
年龄	88	健康状况	病名：腰疼　　原因：小时候放牛摔伤
生地	曼赛竜村	身体变态	形态：文身
宗教	佛教		部位：两小臂、两膝至腰
语言	傣语	原因	成年，男人证明勇敢
职业	家长：务农	时期	20 岁（"佛爷"）
	个人：务农		
祖上来历	父辈：	文身人	云游师傅到寺庙文、腿和腰是不同师傅
	祖辈：	分几次完成	3 次（共两年）
	曾祖：	工具药品	特制针
	高祖：	花费	两臂共一个银元，两腿各两个，共 5 个
子女	数目：2	仪式	无
	职业：务农	术后	自然恢复
住址	本地	备注	先刺腿，后刺胳膊
二、解读纹饰			
图案	位置	文身时期	含义
经文	左小臂	22 岁左右	附身，刀枪不入
刺黑	右小臂	22 岁左右	刺坏，不成文，就全部刺黑
图案	两膝至腰	20 岁左右	习俗，美观

访谈人：许多多、钮晨琳、邵晓钰、郭昊、刘宽、滕达

地点：勐腊县勐满镇曼洪村 31 号

日期：2009 年 7 月 19 日下午

翻译：罗锋

问卷记录：钮晨琳

受访人：

波燕囡，71 岁，住在勐满县曼洪村城子村委会，世代务农。父亲来自勐捧乡，母亲是本村寨的人。父亲来这里娶了媳妇，就像汉族倒插门女婿。因为按照习俗，这一家的家庭没男孩子，男方就到女方家，到这里生活。老人的生日也是按傣历算的。但是现在按公历，他也不清楚了。娶过两次亲，生有七个子女。第一个妻子生了四个子女，死了一个。妻子去世后又重新找一个，生了三个儿子。2000 年的时候，乘拖拉机，超载，和微型车相撞了。肋骨断了两三根，粉碎性骨折。现在偶尔还会痛。（由于受访人无法用普通话交谈，故访谈由翻译转述）

曼洪村波燕囡

访谈内容：

翻译介绍：在寺庙里 6 年，10 岁开始，16 岁还俗。1952 年，13 岁左右，当和尚时在庙里文的身。文身师傅叫波依香，住在曼宽，也是勐满的寨子。

问：当时为什么要文身？

答：因为习俗。傣族男孩一般大了就在庙里面当和尚，不刺就被人家耻笑。他们的比喻是：水牛还有黑的和白的，我们对白牛，一般杀了都不吃，黑牛比较值钱，更有价值。他们觉得自己不刺就跟白牛一样。女人是怎么讽刺呢？她们说，青蛙的大腿都是有图文，人没有，连青蛙都不如。想想不刺觉得没面子。看到别人刺也觉得好玩，也没有什么很多的原因，主要因为他们都是傣族，有这个习俗，就应该去刺。

问：为什么有的是在刚进去不久就文，有的是到了当"佛爷"再文？

答：可能因为环境不同。有的地方，像勐满傣族居住比较集中的地方，寺庙里和尚就比较多。那些靠刺青生活的师傅就到这里来。因为人多他的收益就比较高。有些地方他就不专门去，而是等他们过来。像勐腊那边，寨子里的人自己去找文身师傅。他们这里没有自愿不自愿，是因为好奇才几个人一起刺。他就是这种情况，刺得比较早。像他们能忍受到刺完很不容易了。一般都是到了"佛爷"再刺，忍耐力比较好。

傣族虽然都要到寺庙里学习，但当到"佛爷"的还比较少。和尚一般当五六年、七八年，十七八岁就还俗、结婚。因此他们一般在十六七岁以前都没有干农活的经历。当了"佛爷"就又要在寺庙里待十多年，所以过去就很多人都不去当"佛爷"。因为时间很长，而且按照傣族的婚姻，到了十八九岁不结婚就老伙子了，小姑娘不喜欢了。

问：老人知道文的这些东西是什么意思？

答：老人手上文的也是一个口诀。师傅说，狗过来时念这段经文，狗就咬不进去，就像刀枪不入。他10岁就刺了，刺好了以后就试，找最凶的狗，被咬了。他不信，试了五次，咬了五次。具体什么意思他也不知道，只是听师傅说的。腿上蛇形、花形图案，是为了好看。蛇形的图案在腿部，刺得像花瓣的花形。师傅由不得他们选择，没描图，根据经验刺的。

问：这些图案有在别的地方看见吗？比如说建筑或者服饰？

答：只有专门刺青的这些师傅有这些图案，平时没见过这样的。

问：老人还记得当时文身的过程吗？经过了多少天？文身之前有没有什么仪式？

答：他先刺了左腿，五六天之后刺右腿。两只手是10岁左右另外一个师傅刺的，一次就刺好了，恢复了五六天。那时他已经在寺庙里面，但还没有披袈。一般入院当和尚前，先在寺庙里学傣文，大概要两三个月时间。

文身工具是打制出来带叉的。两个铁片合起来，两排，六个针头。手柄用布缠起。

文身的时候，文身师傅拿鸦片给他吃，吃了就发困以后，然后就刺。但是起不到麻醉作用，当时感觉还是比较痛的。文身是在村里的寺庙里面进行，在场的还有两三个人，结伴在旁边观看。刺的时候很痛，放声大哭。引得庙里的和尚都跑去看。到很远的地方，还听见寺庙里面被刺的人在哭。

当时他在躺在地上，师傅坐着，要刺的部位，用两只脚踩着撑开了刺，或者用手抹开然后刺。他知道刺到多深，不出太多血。前面还好，越往上，一直刺到大腿根部，越痛。他说早知道就不刺了。

当天刺了之后就不清醒。这里有一种草药，叶子可以煮来以后清洗可以消炎，但第二天才洗的。还没结痂他就洗了，因为他受不了，太痛，只能去洗。每天都洗，要

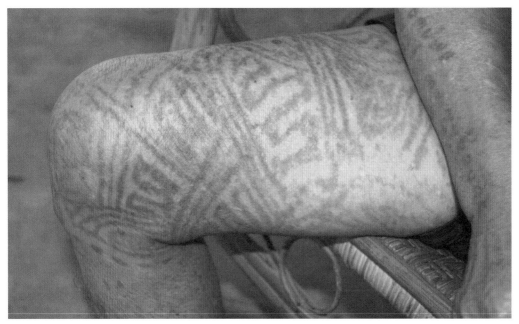

波燕因腿部纹样

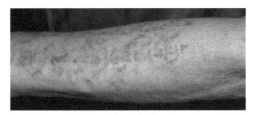

波燕因左臂

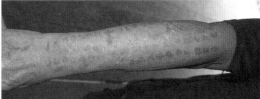

波燕因右臂

洗到好为止。

刺的时候没有其他仪式，只是交银元。刺手的时候，他拿了我们这里种的烟草去给师傅，就给他免费刺了。但是腿就一只2个银元，一共3个银元。当时100斤左右的一头猪，就5块银元，银元还挺值钱的。

文身师傅学的时候肯定有专门的图谱。记在心里面，一般都不用，依照自己的意思做。解放以前傣族地区因为都流行文身，很多地方都专门有专门从事刺青的人，是一种职业。也会有师傅传徒弟的情况。但是解放以后，基本上没有了。专门从事刺青行业的，好像就没有传人了。一般从事这个行业的人都是吸食鸦片。吸食鸦片以后，没有能力做农活，只能靠这个谋生，又靠刺青去买鸦片。所以一般往后传的人就很少了，因为解放以后严禁鸦片。没有吸食鸦片的人，大家都从事农业或者其他，就没有再做刺青的了。子女当中没有文身。起先他自己就痛得受不了，刺完以后再也不刺了。

文身者基本情况登记表

一、基本情况			
姓名	波燕因	测量地点	勐满镇曼洪村 31 号
族名	傣族	测量日期	2009 年 7 月 19 日
性别	男	照片号数	13
年龄	71	健康状况	病名：肋骨断裂后风湿 原因：手扶拖拉机交通事故
生地	本地	身体变态	形态：文身
宗教	佛教		部位：两小臂、两膝至胯部
语言	傣语	原因	好奇、好玩、从众、当和尚不刺被嘲笑
职业	家长：务农	时期	10 岁小臂、13 岁左右腿（和尚）
	个人：务农		
祖上来历	父辈：勐捧镇曼勒村	文身人	文身师傅波依香（大腿）小臂另一个师傅
	祖辈：	分几次完成	3 次（两小臂、左腿刺后 4 天右腿）
	曾祖：	工具药品	特制针（两片铁片夹并排 6 根针，手柄用布包）、草药
	高祖：	花费	小臂用烟换、两腿共四个银元
子女	数目：2	仪式	无
	职业：务农	术后	用草药清洗至恢复，防止发炎，五六天后恢复
住址	本地	备注	文身时两脚踩住把肉绷紧刺，当时一百斤左右的猪 5 个银元，文身的图案不用于其他
二、解读纹饰			
图案	位置	文身时期	含义
经文	左小臂	10 岁	刀枪不入
口诀	右小臂	10 岁	狗咬不进（5 次找狗试，被咬）
蛇纹	两膝至胯，对称	13 岁	美观

访谈人：许多多、钮晨琳、邵晓钰、郭昊、刘宽、滕达

地点：勐腊县勐满镇曼洪村 31 号

日期：2009 年 7 月 19 日下午

翻译：罗锋

问卷记录：钮晨琳

受访人：

岩坎，"坎"的发音在傣语里指金子。79 岁，傣族，出生在本地曼掌村，务农，身体健康。一家十口，儿子、儿媳还有孙子、孙媳妇。（由于受访人无法用普通话交流，故访谈由翻译转述）

访谈内容：

翻译介绍：文身 30 年了。他们那一批一起当和尚的，最大的 15 岁，他最小，十岁。过了两年，大的要刺了，小的就跟着刺，所以他才 12 岁就刺了。家里五个子女，他是最大的。他当了五年和尚，15 岁就还俗帮家里面干活。他前面原有个大的，但早死了，后面就数他最大，只有早点出来，帮家里做农活。

问：这些文身有什么含义吗？

答：没什么意义，是师傅自己设计的图案。文身师傅是从勐腊那边过来，也是吸食鸦片，做这个行业收费。手臂上也一样，防狗咬。结果还是被狗咬，他只试一次。

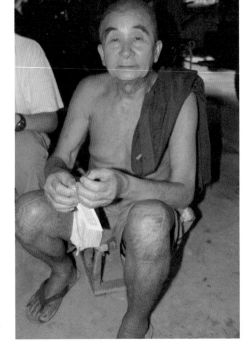

曼洪村岩坎

许：整个文身用了多长时间？

答：4 天左右。先文一条腿，间隔四五天，疼痛好些以后才文另一条。没用消炎药水。有一种植物，叶子煮水有消炎作用。因为是小孩子，费用上打了折。

文身针每颗针头跟现在的针差不多，但很细，三个或四个聚拢成一排。转弯的时候，就顺着这个图形，慢慢转角度刺过去。只用针尖部分刺。

岩坎左臂纹样

文身者基本情况登记表

一、基本情况			
姓名	波燕囡	测量地点	勐满镇曼洪村
族名	傣族	测量日期	2009 年 7 月 19 日
性别	男	照片号数	21
年龄	79	健康状况	病名：无　　原因：
生地	本地	身体变态	形态：文身
宗教	佛教		部位：左小臂、两膝至胯
语言	傣语	原因	当和尚时从众
职业	家长：务农	时期	12 岁
	个人：务农		
祖上来历	父辈：	文身人	勐腊来的文身师傅
	祖辈：	分几次完成	两次（间隔四五天）
	曾祖：	工具药品	煮的一种植物的汁液（消炎）、特制针
	高祖：	花费	3 个银元
子女	数目：2	仪式	无
	职业：务农	术后	自然恢复
住址	本地	备注	文身时从上往下刺
二、解读纹饰			
图案	位置	文身时期	含义
咒文	左小臂	12 岁	狗咬不进
图案	两膝至胯	12 岁	美观，文身师傅设计

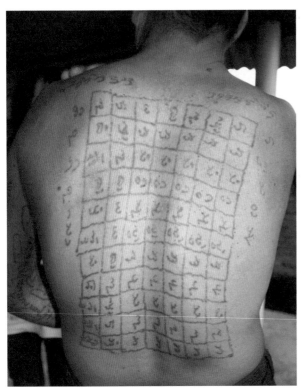

曼洪村路人背部纹样

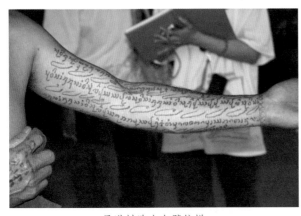

曼洪村路人左臂纹样

就在我们访谈完毕准备离开时，来了一位路人。他的文身即便是已到黄昏时分，也让我们眼前一亮，震惊不已。

他是越战时期文的身，当时已经40多岁，被征兵打仗。所以不是传统意义上傣族的标志，而是取其祈福保平安的意义。

（四）勐满镇曼掌村傣族文身调查

今天是我们在勐腊的最后一天，下午就要乘车回景洪去。加之昨晚从边境线上开车夜行盘山道，回到县里已是深夜 12 点多。于是决定上午就去较近的一个村寨。

每个村寨都会有这样一个寨心，意即村寨之心。它是村寨人信奉的守护神，村寨每年都要进行隆重的祭祀典礼。

在离寨心不远的傣家吊脚楼上，我们又遇见一位"奇人"。

勐腊县勐腊镇曼掌村寨心

访谈人：许多多、钮晨琳、邵晓钰、郭昊、刘宽、滕达

地点：勐腊县勐腊镇曼掌村 13 号

日期：2009 年 7 月 20 日上午

翻译：罗锋

问卷记录：钮晨琳

受访人：

岩叫，男，傣族，80 岁。出生、生活在曼掌村。一家七口，有四个孙子。身体很好，因为有文身护身。曾做了一两年时间的土司保镖。他是兼职保镖，同时还在家里边务农。有事才通知他去。他说，活到 80 岁了，从没疼病过。直到牙齿不好、拔了以后，才感觉不好。但是没疼病。（由于受访人无法用普通话交流，故访谈由翻译转述）

访谈内容：

翻译介绍：右臂、胸、背上武功口诀是 38 岁时候刺的。没当过和尚。文身师傅是他的弟弟，教给他文的口诀、秘籍之类。他弟弟原来当和尚当了"佛爷"，同时也是练武的人。有一段时间我们这里很多百姓跑到老挝去，他也是去了五年以后回来。他自己学过那些东西，认为现在这个社会不稳定，怕被人欺负，就把学的东西传给他。弟弟回到这个寨子以后很老了，为了找个传人，就传给了他，就把这些都刺到他身上。把这些功夫传给他，他是继师傅的继承人了。师傅的名字是"卡囡峦"，小名叫岩大（谐音）。当"佛爷"还俗以后叫的名字叫 kʰa nan nuai，是"佛爷"还俗后的尊称。他弟弟走在他前边。其实这些功夫是在当"佛爷"时候就学了。学这个东西，当时一般人也不知道，要是他弟弟不跟他讲，他也不知道，只有他传给你的时候，才会知道，很秘密的。

腿上花纹是他 20 岁时候在这个寨子里刺的。文身师傅从勐亨到这里来给他们文。寨子里有人当和尚，年轻人也都可以文。

问：右臂和胸、背上文的是什么？

答：字，全部都是那种护身的。"刀枪不入"的咒语、经文。他是我们这里领主的保镖。一般保镖的身上刺的都是这个。因为学武，很多有口诀、秘籍之类。刺这个

与曼掌村岩叫合影

有比较严格部位，只能胸部——腰部以上、背上，下面的不能刺这样的。刀枪不入是指胸前和背后的那一块。背后也有，袭击就往背后袭击，有时候砍不进。没有打得进的时候。他很厉害。刺这些经文以后刀枪不入，年轻的时候这些咒语，念以后，枪就打不动了。他还有个经历，他们刺了以后就要去当保镖。去了就真的拿枪打、拿刀砍。不行的就死了，行的就留下当保镖。有打仗之类危险的时候他们保护领主，口诀有保护的作用。他们都是练武的人，就没当过和尚。他38岁的时候去刺手，刺了以后有个口诀，知道有这么厉害的人，那些人就抓到那里去，拿刀砍、拿枪打，打不进、砍不进，是真的，他们都这样的。死了就没今天了。那时候枪真的打不动，现在他们老了。不过过去都是火药枪，现在的刀枪肯定还有一定的威力。

这个是很高级别的武功，刀枪不入，别人知道就没意思了，泄露了就不"灵"了。按傣族文身的习俗，像有这样护身符，经文，传的时候都是秘密的，师傅要传给谁都不讲出去。他说不愿意给你们拍照。他现在是老了没用了，要是原来他是肯定不给别人看的。像手上看了不懂，也不知道，但身上的就很关键。出去都穿衣服。他们这个村寨其他的老人都没有，其他文了也是个别。

腿上的文身不一样。不是一起的。文腿跟其他部位一样，都是为了美。傣族的男的都要文身，文大腿，那时候是一种像流行的那样，人家刺他也刺，20岁的时候刺的。

前胸和后背是练武的师傅刺的，手也是第二个师傅刺的。这些都是老傣文经，传给他的那些刀枪不入的口功，有点"秘籍"意味，他刺在手上，自己随时都可以照着念。但是他没当过和尚，他刺了以后为了明白其中的含义，还学了傣文。

问：他一只手深，一只手浅是为什么呢？

答：这些之前刺的，只是刺得好看的，也不是什么经文，是另外刺的。是傣文的一种发音文字。他刺的也是装饰。这个比较浅的是因为它比较早，20岁的时候刺的，他大腿上的也是比较浅的。这个38岁的时候刺的，就比较清楚。

问：左手为什么没有刺？

答：没必要，身上有这个，什么都不怕了。汉族是男左女右，我们傣族是男右女左。像这样经文就不能刺到这边。按原来，女人是不能沾到这些的。他们都是土司的保镖，保镖很多都是很厉害的人，平常也在练，也互相切磋，比谁厉害。有时候护送他们出去的时候也会当保镖。在勐腊也有个领主，有时候两边都有，人家也有好的，也要互相比试。他从来不怕，因为自己身上有这些，用刀用枪都可以。就像现在的公安、保安。平时保护领主，要是有比较危险的事情就他们去解决。他保护的是勐腊的领主。

当时文身一天就完成了。什么麻醉都不用。痛得不得了，火烧火燎的。恢复用了四五天。因为文的这个是比较厉害的一种咒语、经文，所以什么消炎的药都不能用。

问：他师傅把经文传给他的时候有没有什么仪式？

答：钱交给文身师傅。三个银元，三个银元相当于100多块，但是当时肯定比现在100多块值钱。另外还有一种仪式，要拿蜡条和钱，钱摆在竹篾编的容器中，蜡是自家做。我们自己织棉线做蜡条，祭祀用，很细。跪着，师傅给讲那些口诀，时间不长。但是这个仪式，一般我们像求医什么的都要这样做，医生我们原来叫"摩雅"。求医的时候搞一些巫术，神神秘秘，也要烧香，就他在那里做，看病，用药，也念念口诀，不告诉你用了什么药，吃了就可以。但是念口诀跟求医不大一样，我们都不清楚了。

当时在场就他和他师傅两个人，因为他要传给他，就一个人知道。在庙里做的。工具都一样的。针头那里三个、四个、五个都有，他要看要刺多大的字。有些细的就用少的三个针头的，粗的可能就用五个的。

问：另外那些文身花了多少钱？

答：也是三个银元。

问：老人的武功有没有再传给后人？

答：没有了。传了以后不用正道上就变成恶人了。因为他厉害，谁都不怕，现在年轻人就没像他们那时候的思想境界，很容易变坏，所以不敢传。他也不敢带徒弟，反正自己背着走就行了。因为他要是传得好还行，传得不好就危害社会了。

问：当时师傅传给他的时候有经过挑选吗？

答：他肯定是挑了，因为他是自己家的人，传给他比较放心。要是传给恶人，到时候害自己。他弟弟也知道。

问：老人家当保镖的时候有没有专门的服饰？

答：没有。他不是土司的专职保镖，他有这个本事土司觉得可以，就封为保镖，穿平时的衣服。他们跟土司，领导两到三个村寨。那时候还有大象，他们父辈的时候，这个寨子有三头象，自己养，象很大。但是到他们这一辈就只有一头了，养大象有专人。每个寨子都为土司养，平常出门或者什么专门要训练象。土司需要的时候随时都去为他服务。当时村里做土司保镖的就他一个。

之后的一个问题，引发了罗师傅深深的感慨。

问：村寨里的小和尚还多不多？

答：现在小孩都不愿意当和尚。他也是从小当到现在，现在是这里的"佛爷"。

与罗锋师傅（右四）及妹安局长（右三）合影

他 20 岁升的"佛爷"，一个人在庙里。差不多时候可能也要还俗，但那是这个寺庙也就空了。现在这里很普遍的现象，有寺无僧，也很难解决。因为我们的民族宗教部门，是政策管理。如果他们违反规定，必须制止；还要正确引导他们开展宗教活动。但是，老百姓的信仰是要建庙、要传统服饰，但又不愿意自己娃娃到庙里面当和尚。庙里面和尚都没有怎么去烧香拜佛？现在这个问题我们也没办法去解决，因为宗教信仰自由。现在的小孩不愿意去也不能强迫。庙里也不是很不好，只是太无聊，有很多禁忌。特别是最近雨季，一到关门节，几乎是不能离开庙的。现在离开庙可以，但是不能离开村寨。所以两三个月时间要在寺庙里面念经。现在还好一点，像过去，学不懂的时候，老师用戒尺打，一直到念懂为止。他们觉得披了袈裟不自由。现在娱乐场所比较多，生活比较好，家家户户有摩托车，现在年轻人都不在自己村寨里。到晚上你去看，满街都是摩托车，男男女女，去当和尚就没有这个自由了，所以不愿意去。当"佛爷"的时间看自愿，可以当一辈子，不愿意的两三年就可以还俗。

文身者基本情况登记表

一、基本情况			
姓名	岩叫	测量地点	勐腊镇曼掌村 13 号
族名	傣族	测量日期	2009 年 7 月 20 日
性别	男	照片号数	3
年龄	80	健康状况	病名：无　　原因：
生地	本地	身体变态	形态：文身
宗教	佛教		部位：两臂、前胸、后背
语言	傣语	原因	武功师傅坎南拉／岩拉（佛爷）传授图案
职业	家长：务农	时期	38 岁学武
	个人：务农兼保镖		
祖上来历	父辈：	文身人	文身师傅（来自勐享，古国名，音译。）
	祖辈：	分几次完成	1 次（一天内完成）
	曾祖：	工具药品	特制针（3 针头和 5 针头）
	高祖：	花费	3 个银元
子女	数目：7	仪式	双手夹一根蜂蜡条听师傅讲经，竹篾放三个银元，把香和银元交给师傅，类似求巫医
	职业：务农	术后	四五天后恢复
住址	本地	备注	蜂蜡条用棉线在蜂蜡上滚制成刺得是很厉害的经文，刺完后不能涂抹任何药厉害的经文保密，为了不害人，所以不允许拍照
二、解读纹饰			
图案	位置	文身时期	含义
经文（老傣文）	前胸、后背、右臂	38 岁	附身，刀枪不入（规定只能文到腰部以上），学武时的口诀、秘籍，女性不能碰
图案	两大腿	20 岁	美观、流行
傣字	左小臂	20 岁	美观

三　田野调查：景洪傣族文身

又回景洪。还记得从昆明乘十个小时的床车，初到景洪时的陌生与兴奋。晚上八点钟，天光依然晴好。平视棉絮般的簇簇白云，给人以种登临仙境的感觉——接近天空了。

车开到景洪了

（一）景洪傣族园曼将村傣族文身调查

景洪的西双版纳报社旅馆俨然成为我们的根据地。

次日一早，我们步行前往客运站，登上了去傣族园的中巴。山回路转，十点左右到了傣族园。

寺内四面的粉墙都是壁画，但不知是什么年代所画，碳粉描的边看起来不是很久远，然而描述的故事像是土司时代的传说，人物的造型也很拙朴。

最令我们兴奋的是尚未见园中真人时已先从画里看见了文身——这些勇士的腿上都刺了花纹，简直就是前几日在勐腊县所见蛇形纹的简笔画！

接下来到园中探访文身者的经历比预想要曲折得多。

天气出奇地晴好。开始的时候边走边欣赏路边的建筑、灌木，日头渐渐升到头顶，还是没找到文身人的线索。各处的房屋都是静悄悄的，没有人声。

好不容易过来一位路人，骑着三轮车向园子深处去。我们一拥而上围住了他。

傣族园竹楼

景洪市的六位傣族文身老人

编号	姓名	年龄（岁）	民族	访谈时间	访谈地点
7	岩 真	57	傣	7 月 21 日	景洪傣族园
8	波亨温	64	傣	7 月 21 日	景洪傣族园
9	岩 药	54	傣	7 月 22 日	景洪曼听村
10	岩糯拉	78	傣	7 月 22 日	景洪曼听村
11	岩罕尖	63	傣	7 月 22 日	景洪曼听村
12	岩 庄	50 多	傣	7 月 22 日	景洪曼听村

傣族园门口的缅寺

按照当地风俗，我们脱了鞋走进缅寺

缅寺壁画

缅寺壁画中人物的腿部文身

岩罕尖文身图谱

波亨温图谱、歌谱

访谈人：许多多、钮晨琳、邵晓钰、郭昊、刘宽、滕达
地点：景洪市傣族园路路上（具体路名不详）
日期：2009 年 7 月 21 日上午
翻译：无
问卷记录：钮晨琳

受访人：

　　岩真，傣族，57 岁。住曼将村。在傣族园做环卫。世代务农。13 年前文身。

访谈内容：

　　自我介绍：文身师傅住在前面，两个月前刚刚去世。有个徒弟，叫"曼嘎"。我到那边去文，花了 200 元，文一只手 100。喝酒麻醉。就刺两个胳膊，一天刺完。疼，两三天以后就好了。

　　问：您为什么要文身？

　　答：傣族都要文身。这是老傣文，傣族人的习惯。从缅寺搞出来的图案是经文。村子里边的人很多都文了身，但老人都死光了。

　　问：您的孩子还有文身吗？

　　答：没有。他们不想文。

　　他勉强能听懂普通话，我们反复核对了好几遍才确定了上述信息。他对我们这群不速之客似乎心怀警惕，也有赶着去工作的缘故，聊了一会儿，他就跨上三轮车，头也不回地向背后的我们摇摇手就走了。我们想叫住他合影都没来得及。

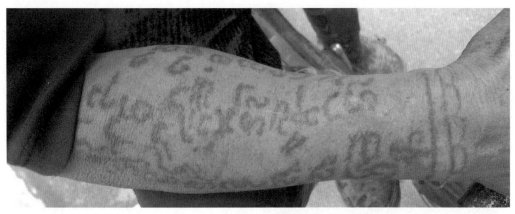

岩真手臂纹样

文身者基本情况登记表

一、基本情况			
姓名	岩真	测量地点	景洪市傣族园曼将村
族名	傣族	测量日期	2009 年 7 月 21 日
性别	男	照片号数	12
年龄	57	健康状况	病名：无　　原因：
生地	曼将村	身体变态	形态：文身
宗教	佛教		部位：两小臂
语言	汉语、傣语	原因	傣俗
职业	家长：务农	时期	44 岁
	个人：傣族园环卫		
祖上来历	父辈：	文身人	
	祖辈：	分几次完成	1 次（一天内完成）
	曾祖：	工具药品	特制针、米酒麻醉
	高祖：	花费	200 元
子女	数目	仪式	无
	职业	术后	两三天后恢复
住址	本地	备注	
二、解读纹饰			
图案	位置	文身时期	含义
老傣文	两小臂	44 岁	习俗

跑了一上午没有什么收获。于是进到一家餐馆休憩，讨论下午的行程。

餐馆厨房里一位老师傅在烤肉。我们很好奇，站在门口看，也就随意攀谈起来。他告诉我们村里有个叫波亨温的文身师傅，下午在村头表演，一点左右会从这里路过。这一消息振奋了我们。也正是这位师傅，后来还用机车捎带了我们去曼将村。

章哈表演场入口的小路

访谈人：许多多、钮晨琳、邵晓钰、郭昊、刘宽、滕达

地点：景洪市傣族园曼将村内及曼听村家中

日期：2009 年 7 月 21 日下午

翻译：一起表演的师傅，不知道姓名

问卷记录：钮晨琳、许多多

受访人：

波亨温（岩应），男，傣族，64 岁。住在曼听村。43 岁文身，之后当了 5 年土司保镖，有人来闹事的时候就去。现在傣族园曼将村拉琴、唱歌、跳舞、主持祭祀仪节。世代

务农。一家四口，两位老人，还有孩子。（由于受访人无法用普通话交流，故访谈由翻译转述）

访谈内容：

问：这些纹饰都有什么含义吗？

答：小腿上的马代表走的快。胸前正面左右的圆圈是爸爸妈妈、大"佛爷"、小"佛爷"。大臂上是花龙、蛟龙。腹部的猴子表示灵活，去哪个地方都可以。手臂上的圈表示刀枪不入，经文是咒语。左手腕上像皇冠一样的东西是人家打他，咬不进去的意思。右手腕上是花，猫的爪子。爸爸的傣语是"哈拉颂"，腰上一圈也都是"爸爸"的意思。人家抱住腰的时候，就喊"爸爸妈妈"，"爸爸妈妈"就会"跑"出来保护他。背上文的是一个人。老傣文一，二，三，四，五……十二在中间，中间，包住。上边八个人，下边八个人。左边八个，右边八个。圆上这个小的也是人。一二三和刚才一样的。数字代表一个人，很多人在这里保护他，都是这样的。老傣文现在只有老人会懂。老虎代表有力量。腿上是蛟花龙，上下的花瓣是保护作用。那些花纹在缅寺里面也能看到。

马、鸟、龙，都有画。这种龙一般文在背部。

问：师傅文身用什么工具？现在还有吗？

答：用针。外国人来还帮他们文。打文身要喝酒，喝醉了就打。文身前要拜一下佛。文身的时候坐着也可以。坐着一边喝酒一边文。图案都是自己选的，先画上去再刺。怕墨水弄到自己衣服上，要穿个外套。

问：您身上这个是他文的吗？

答：另外一个师傅。现在村里没有其他会文身的人了。当初跟他一起学的那些小和尚现在都不文了。现在年轻人文身了当兵人家不要。他有带徒弟，教武功，教傣拳。教傣拳的有50个。还教跳舞、唱歌（祭祀用）。

章哈表演是波亨温师傅的工作，我们的访谈明显影响了这个小组合奏，于是中断了。然而波亨温师傅与我们很投缘，热情地邀请我们在他四点半下班之后去家中做客。我们欣然赴约。

波亨温师傅的女儿普通话很好，担任了之后访谈的主讲人。她取出了两本簿册。

师傅女儿介绍：比如说这个就表示刀枪不入，这个表示喜结良缘，这是房子，这些文字都是老傣文，老傣文现在只有老人才认识。图解释了老傣文。（下图为图谱的一页，更多图谱内容见本书"六　文身传承：传世图谱"）

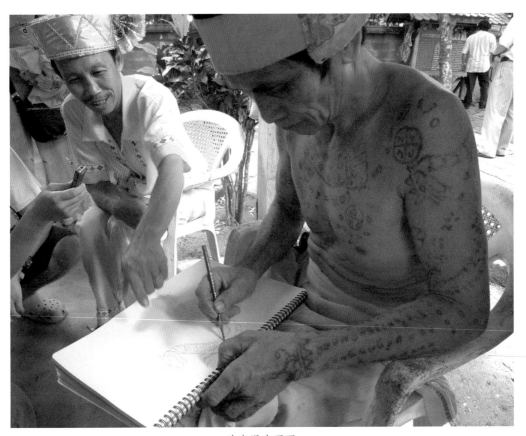

波亨温在画画

波亨温小腿纹样

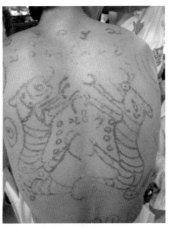

波亨温背部纹样

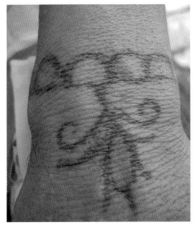

波亨温腕部纹样

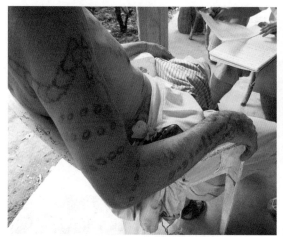

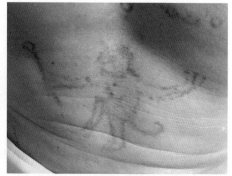

波亨温胸部纹样

波亨温臂部纹样

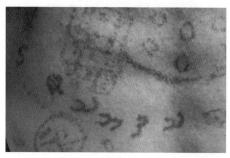

波亨温臂部纹样

章哈表演

43

这个是歌谱。我们傣族有老祖宗。我们寨子会唱这种歌的只有我爸爸一个，其他的师傅全都死了。每年要到"还魂周"要叫我们老祖宗下来说话的时候，都叫我爸爸唱唱歌，像念经那样拜祖宗，"老祖宗"会"下来"。

歌本传了两代了。是老师傅写的。本子都发黑了。我爸爸的师傅叫岩温叫。是我外公的哥哥。他传给我外公，然后我外公就传给我爸爸。岩叫传给岩并（谐音），然后传给我爸爸岩应，传了三代了。这个不是只传亲戚，但要有耐心保存好。

它很有功效。比如有人生病，头疼，眼睛有些人是红眼，骨折了……都可以来找我爸爸，我爸爸帮他吹一下、揉一下，两三次就好了。都是跟师傅学的。

文身、唱歌、医术都是跟师傅一起学的。师傅也是一代传一代的。比如，只有一个人想学，他如果用心学就接替师傅。如果学了不珍惜也不好，对自己身体也不好。因为要尊重经书，你不尊重它是不行的。这是一种迷信，一定要有耐心的人才学。如果没有耐心，随便学随便弄，对人对自己都不好，自己会变疯的。

就像汉族每年过年、拜佛，都是要尊重老祖宗。我们也是。每年到泼水节时，还要请我爸爸唱歌，拜神，唱的那种歌，意思是叫在我们寨子里的神"下来"说说话——"我们现在要怎么做才好，要找神下来教教我们"。

全寨现在只有我老爸一个可以做这个了。有些要画图画，就来找他画。他还没有找到自己的继承人。有耐心的人才做得到，没耐心的人做不到。这个事情也不是乱写的。

村里每年都要拜神。如果村里人喊的话一定要去拜一下。拜神需要怎么做他懂，我们都不知道。我们女人不管那种事，不能去管那些。我们每年也去拜佛，只是我们女人没力量去管那种东西。只有老人、男人，有那种耐心才能做得成。

问：每次把这个东西从一代人传到另一代人，需要什么仪式吗？

答：有拜师做的法事。拿我们自己做的香、酒、衣服、自己纺的棉白布，放到小台子上。爸爸要传给他，他就来跟我爸爸敬酒，我爸爸就会念经念给他，传给他。然后就可以我爸爸教他，到他懂了为止。爸爸要教，就像我们读书一样，教他知道内容是什么，怎么做，怎么用。如果他懂了，还要再做一次，表示学会了，那本书你全部都记在你脑子了，就毕业了。

念经有好几种。有些人要学那种打打杀杀，有些人要学的是好的。比如我老爸，如果哪个脚断了，他吹吹两三天就好了。这些方法都有经文，他们知道。我爸爸念经到酒里面，就拿来医治动物、人。动物有动物的经文。他自己心里面念，然后吹出来，两三次就好了。有沙眼，或者脚有疼痒的时候是不一样的。整个寨里的人都来找，去年我爸在治一个红眼病人，我来一天就被传染了，可他"吹"了几个人都没有事。他

二号图谱

一号图谱

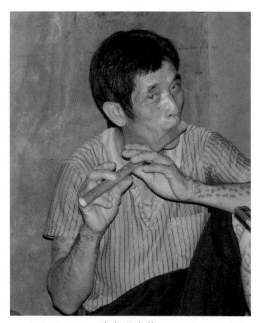

波亨温吹笛

们心里面有各种经文，也说不出，只是心里面明白。

问：这个经文在岩温叫老人之前有吗？是不是都是他创的？

答：有他创的，也有他的师傅传的。如果能创出来就可以创，如果不能创出来，还是按老的。因为老本子很重要，不能丢，要保存好。

问：歌本一般什么时候用？

答：比如傣族要结婚也可以唱。联欢会，上新房，唱唱歌念念经，对房子也好。丧葬的时候不用，这是节庆的时候用的，都是开心的事、希望的事：喜事、上新房、拜老祖宗。唱歌都是拿本子、经书，比如是今年你要上新房，哪天哪号，像你们汉族要找个日子。结婚要找日子，上新房也要找日子。今天是什么日子，今天的新房是要唱什么经书，对房子好。

傣族都是这样。比如我们寨子，其他人家不会做不会唱，就来找我爸爸。也不只是我们寨子，只要是傣族，不管是哪里，如果他们需要，就来找我爸爸，我爸爸都会去。

问：您知道傣族的文身最早是什么时候开始的吗？

答：古老的时候就有，在佛教传过来之前就有。那时候比现在还更好一点，因为那时候流行。现在不怎么流行了。现在小孩子都想当兵，如果文身就当不了兵了。所以这个年代文身很少的，不准文多。以前我爸爸小的时候，如果是傣族，男男女女都会文。都是好事，不是坏事。就像刚才给你看的经书，出生是什么、属什么，就要按它那样文，不是随随便便的。

问：这边有没有分花腰傣、汉傣、水傣？

答：花腰傣是花腰傣。我们是水傣。不一样，用字不一样，说话也不一样。但经书意思都是一样。花腰傣和汉傣不一样，有些神不信。

花腰傣、汉傣不信佛。有时候泼水节他们也不过。只不过以前是真的不过，现在年轻人来凑凑个热闹也是有的。泼水节最早是我们水傣过，在我们这边是很隆重，也是最重要的。关门节、开门节、泼水节，这三个节是永远不会改变的。只有这三个节，不管你在哪里都是这样。如果是傣族，我们都不会乱，都是隆重的，记在脑子里面，所有人都不会忘记，每年都要过。

水傣最信神。我们水傣信神的很多，汉傣、花腰傣，以前不信，现在是凑个热闹。以前的年代，汉族是不能嫁给傣族，傣族不能嫁给爱尼族的。现在年代不同了，傣族可以嫁爱尼族，而且很多。以前我们傣族跟爱尼族真的不能通婚。爱尼族小看我们，我们也小看他们。现在不同了，解放了可以通婚，傣族可以通婚，汉族可以通婚，现在汉族通婚傣族的和我们都差不多是各占一半。女人也可以嫁过去那边，他们男的也可以过来这边。

问：像您父亲这样会做这些念经的这样的人有没有专门的称呼？

答：好像没有。经书也有好几种经书。比如现在我爸爸这个是经书，叫做法经书。"大佛爷"用那种经书，是跟佛教那样。文身的图案不是随便选的，按照经文。你适合什么、心里面想要什么，还要看你出生时候属于哪种动物。我们以前，从来不知道什么生日，现在这个年代，就晓得生日了。以前只是到了泼水节，第二天就是新的一年了。老人以前根本不懂生日，现在的年代已经变了，跟汉族一样了。出生按农历，现在年代年轻人都有生日。

问：您父亲是什么时候开始帮人家文身的？曾经帮多少人文过身？

答：年轻的时候，大概30岁。人家需要的时候来找他，他就帮人家。现在，汉族、傣族文身随便文哪里都可以，以前的老人很迷信的。人家来这里找他，连老外都来找他。现在你们问他文了几个人他都数不清了，最少两三百个吧。美国、泰国都要文这些傣文字，表示平安、做事旺盛的意思。外公写好以后，他们挑。不记得从什么时候起文身的人开始变少了。现在年轻人不懂这些了。

文身前喝白酒，等到身上有点麻的时候就刺。边喝酒边刺。不疼，不用麻醉。先拿白酒消毒一下，直接拿这个刺。针有两种型号，可以刺所有的图案。两头都有铁，增加重量。

有一种树蚂蚁专在上面下蛋。一般的树胶是白色的，但这种树溢出来是黄的。拿来烤得硬硬的，结在针头上。火烧了以后会软，不会化。是用来固定针的，控制刺的深度。

刺的时候用的墨水是柴油。把柴油点上火，拿有一种玻璃盖在上面。烤黑了，刮下来。烟冒上来就有些黑色的，就用这个黑色的来当墨刺。或者拿碗这样盖着，不要碰。烟熏上来就有些黑色的，然后拿出来就拿酒兑一下。没有耐心做不出来。

要做几天这样才够，有耐心的话五六天就好。加自己烤的酒，米酒或者玉米酒，可以消毒，比较好。

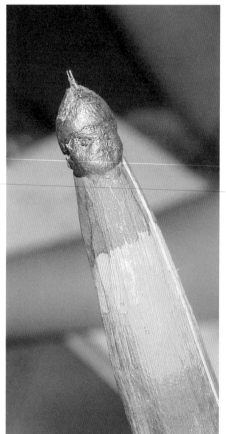

点火制墨

文身针

碗底的烟灰

文身者基本情况登记表

一、基本情况			
姓名	波亨温／岩应	测量地点	景洪市傣族园曼将村
族名	傣族	测量日期	2009 年 7 月 21 日
性别	男	照片号数	39
年龄	64	健康状况	病名：无　　原因：
生地	曼听村	身体变态	形态：文身
宗教	佛教		部位：双臂、前胸、后背、双腿、腰
语言	汉语、傣语	原因	曾任保镖
职业	家长：务农	时期	43 岁
	个人：傣族园表演		
祖上来历	父辈：务农	文身人	大勐龙的文身师傅
	祖辈：	分几次完成	2 次（间隔十多天）
	曾祖：	工具药品	针
	高祖：	花费	3 个银元
子女	数目：2	仪式	无
	职业	术后	缺
住址	本地	备注	傣族园中唯一一位文身师傅
二、解读纹饰			
图案	位置	文身时期	含义
中间有数字的圆圈、方块	前胸	43 岁	代表爸爸妈妈、"佛爷"，请他们保护自己
猴子	腹部	43 岁	行动自如
经文、圆圈	两臂	43 岁	刀枪不入咒
王冠形	双腕	43 岁	猫爪
环腰一圈拱形	腰	43 岁	代表爸爸，请他保佑
蛟龙	大腿	43 岁	避水中蛟龙
马、花瓣	小腿	43 岁	马表示跑得快，花瓣是包住马，保护马
虎	背	43 岁	有力量
数字	背	43 岁	一个数字代表一个人，有这么多人保护他

（二）景洪曼听村傣族文身调查

访问景洪市文身老人的导游兼翻译是西双版纳傣文报社的康朗庄老师。他带我们去了曼听村。岩香宰局长向我们推荐的也是这个村庄。

未及进村，我们就发现了一位文身的中年人。他正带着小女儿在街边的小店吃早点。

村口隔了一条马路的缅寺

访谈人：赵丽明、许多多、钮晨琳、邵晓钰、郭昊、刘宽、滕达

地点：景洪市曼听村

日期：2009 年 7 月 22 日

翻译：康朗庄

问卷记录：邵晓钰

受访人：

岩药，男，傣族，54 岁，家住景洪市曼听村。其兄曾帮人文身，但现在已不从事该工作了。（由于受访人无法用普通话交流，故访谈由翻译转述）

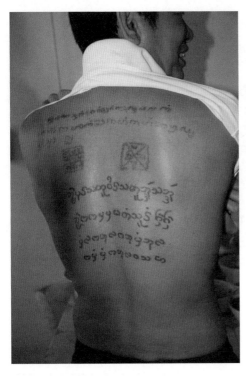

岩药背部纹样

街边采访岩药

访谈内容：

问：您是几岁的时候谁给文的身？

答：12 岁左右。一个 80 多岁的老人帮忙文的。

问：您这个文是什么意思？是佛教的傣语吗？现在还能读出来吗？

答：是辟邪的。是贝叶经里的，读不出来了。

问：文身要给文身师傅钱吗？

答：按傣族习俗，给人民币三块钱。

问：是一次就文完了吗？文之前要喝酒或是吃什么吗？

答：一次就文完了，相当疼，受不了。要喝米酒。

问：那恢复的时候有用什么药水吗？

答：没有，自然好。拿酒随便擦一下消毒就不发烧了。

这村子大概是个市内村，没有"村"字带来的乡土气息——已然是钢筋混凝土的屋舍了，路面也是水泥铺就。进村没几步就到了我们要去的 98 号小楼。登上狭窄的楼外台阶来到二层，迎面是一扇防盗门。

文身者基本情况登记表

一、基本情况			
姓名	岩药	测量地点	景洪市曼听村
族名	傣族	测量日期	2009 年 7 月 22 日
性别	男	照片号数	
年龄	54	健康状况	病名：无　　原因：
生地		身体变态	形态：文身
宗教	佛教		部位：手臂、背部
语言	傣语	原因	辟邪
职业	家长	时期	12 岁
	个人：		
祖上来历	父辈：	文身人	一位 80 多岁的师傅
	祖辈：	分几次完成	1 次
	曾祖：	工具药品	用酒消毒
	高祖：	花费	人民币 3 元
子女	数目：	仪式	无
	职业：	术后	用酒消毒，不发烧
住址	本地	备注	其兄曾帮人文身
二、解读纹饰			
图案	位置	文身时期	含义
傣文经文	手臂	12 岁	辟邪
图案及经文	背部	18 岁	

访谈人：赵丽明、许多多、钮晨琳、邵晓钰、郭昊、刘宽、滕达

地点：景洪市曼听村

日期：2009 年 7 月 22 日上午

翻译：康朗庄

问卷记录：邵晓钰

受访人：

　　岩糯拉，男，傣族，今年 78 岁，家住景洪市曼听村。由于风湿，身体微恙，在家修养。光而饱满的脑门上一双浓黑的眉毛，显得格外英武。他是村里德高望重的老干部，一辈子都在农村务农，没有参加过革命，曾到过北京。当和尚 5 年，12 岁出家，17 岁还俗。原本在村内的寺庙当和尚，后来国民党占了寺庙，就到西双版纳总佛寺

当了两年"佛爷"，而康朗庄老师后来在总佛寺当过住持。家里现有6口人。（由于受访者无法用普通话交流，故访谈由翻译转述）

访谈内容：

问：进到庙里几年文的？谁给您文的？是庙里的师傅吗？是一个人单独文的，还是三五个人一起文的？

答：进去一年就文了。是外面的专门的文身师傅给文的，一批一批地做。如果这个寨子有人要文身了，文身师傅就马上过来。

问：文身师傅一定是大"佛爷"吗？每年的什么时候文身？冬天还是夏天？有没有选择一个好的日子？要不要拜？

答：不一定。不用选日子的。当时有政策：文身的是傣族，就不会被抓去当兵；不文身说明你是其他民族的，就会被抓去当兵。傣族人不想当兵，就文身了。有民族优惠政策。

问：文的是什么意思啊？

答：手上文都是文经书，刀枪不入。腿上边是花，没有经书。

问：这个花是什么意思？几个花？这是一朵花吗？是什么花？这两个是一样的吗？对称的吗？那这是蛇吗？还是蚯蚓？

答：随便挑的。好看一点的花，没有什么意思……像房子角上花……下边是叶子，

曼听村岩糯拉

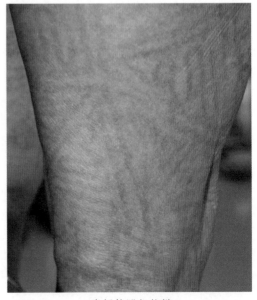

岩糯拉腿部纹样

为了好看。是一圈一圈的过去的。老人说可以文狮子、庙、还有花，他文的是花。只是花的形状，没有什么名字。这个是蚯蚓。

问：给师傅多少钱？图案谁来决定？是自己决定还是师傅决定？

答：两个银元。选什么图案自己挑，决定了以后告诉师傅。

问：是用什么工具刺的？用的墨是写字的墨吗？没有毒吗？

答：三支针，蘸墨刺的。写字的墨。没有毒的。

问：三支针是不是被什么东西固定在一起？后边有笔杆吗？

答：他固定这个尖尖上，然后拴好。针放在尖上。

问：文身之前是喝酒还是吸鸦片？文身之后有涂什么药水或者草药吗？

答：没有涂药水。他文后的第五天，他擦一种傣族的草，傣话叫"哈宾"，汉族是没有的。原来傣族寨子里很多，但是现在变成水泥地，都没有了，寺庙里还有一点。鸦片抽一点。吃鸦片以后头昏昏了要瞌睡，但是疼了他也知道。喝酒不行，喝了之后文身的时候会出血。

文身者基本情况登记表

一、基本情况			
姓名	岩糯拉	测量地点	景洪市曼听村
族名	傣族	测量日期	2009 年 7 月 22 日
性别	男	照片号数	
年龄	78	健康状况	病名：风湿　　原因：
生地	本地	身体变态	形态：文身
宗教	佛教		部位：手臂及大小退
语言	傣语	原因	民族政策、刀枪不入、美观
职业	家长 个人：务农	时期	13 岁左右（和尚）
祖上来历	父辈：	文身人	专业的文身师傅
	祖辈：	分几次完成	
	曾祖：	工具药品	针、墨水、傣族草药"哈宾"
	高祖：	花费	两个银元
子女	数目：6	仪式	无
	职业：	术后	术后 5 日涂草药"哈宾"
住址	本地	备注	
二、解读纹饰			
图案	位置	文身时期	含义
傣文经文	手臂	13 岁左右	刀枪不入
图案	腿部	13 岁左右	美观

访谈人：赵丽明、许多多、钮晨琳、邵晓钰、郭昊、刘宽、滕达

地点：景洪市曼听村

日期：2009 年 7 月 22 日上午

翻译：康朗庄

问卷记录：邵晓钰

受访人：

岩罕尖（后排左三），男，傣族，今年 63 岁，家住景洪市曼听村，当过和尚。曾跟随给自己文身的师傅学习。1966 年后开始给他人文身，但 10 多年前就不干了。当年文身使用的针已经遗失了，据师傅称，其使用的刺针与在傣族园拍摄到的相同。他仍保存着一本图谱。据师傅说花腰傣，水傣还有汉傣文身差不多，文字相同。（由于受访人无法用普通话交流，故访谈由翻译转述）

访谈内容：

问：他身上的文身是自己文的？如果不是，那师傅是不是本村的？

答：不是，自己给自己刺不好弄。文身师傅是外村的。

问：他自己身上的文身是什么时候文的？

答：1965 年。

问：腿上有文吗？手臂上的符号是什么意思？胸口、背上的图案是什么意思？

答：他腿上没有文。文身是傣族的传统，老一辈就都文身，到他们这代男的也都要文身。手臂上文的经文意思有些不同，有辟邪、刀枪不入等不同的说法；胸口的图案是心大的意思。中心是在心这里，这个符号是傣族的字母，是经文，表示胆子、勇敢；背上两个都是吉祥如意的意思。

问：一个是这样的九宫格，里边是数字吗？有什么含义吗？

答：意思都是吉祥如意。里边是 9 个字母，不是数字。字母封四个角里边，代表吉祥如意。这个是刻在背上的，你要刺什么图案只要给他看，他就会刺。

问：文什么图案是不是和人的年龄，生辰八字有关系？图谱上画的图案大致都是什么意思？

答：没有关系。如果你要文了，他拿这个书给你看，你要文什么都可以。什么意思的都有，刀枪不入，吉祥如意……

问：这个圆是什么意思？里边的符号是个句子吗，是这样读是一句话，反过来读

岩罕尖的图谱

是一句话，还是都可以？顺序怎么读，先读外围？整个合起来又是什么意思？

答：是句子。念是可以念，但是意思说不清。先读外圈。整个的意思他没写。

问：九宫格里边字的阅读顺序是什么样的？

答：回字读法。

问：他什么时候开始给别人文身？是谁教他的？

答：当时是"文化大革命"，不允许傣族文身。他去找在很远地方的一个师傅来给他文身，后来师傅还教他文身，工具也都给他。一年以后也就是66年，他就给人家文了。

问：拜师傅的时候有仪式吗？

答：举行傣族的仪式，要红布、白布、米和蜡烛。

问：拜师要不要钱？给人家文每次多少钱？他负责方圆多少里，几个村子？

答：300块钱拜师傅。给人家文的话，20块钱、30块钱随便给。他管我们寨子。村里只有他一个文身师傅。

问：一个寨子有多少人？每个男人都文吗？比他年纪大的老人有没有不文的？

答：20多，30多个。有一部分男人不文身。也有老人不文身。

问：这个图谱是您自己写的？还是老师传的？师父教了几个徒弟？您是跟着师傅走，一边看着师傅给别人做，一边学习？老师现在老师还在吗？您见过吗？

答：他自己写的。这是老师的图谱（指另一本图谱），他出师的时候师傅画了送给他的。除了他以外没有了。是跟着师傅走的。师傅去世10年了，他去世的时候70多岁。师傅的师傅他没有见过，他师傅当时已经很老了。

文身者基本情况登记表

一、基本情况			
姓名	岩罕尖	测量地点	景洪市曼听村
族名	傣族	测量日期	2009 年 7 月 22 日
性别	男	照片号数	
年龄	63	健康状况	病名：无　　原因：
生地		身体变态	形态：文身
宗教	佛教		部位：前胸、背部、手臂
语言	傣语	原因	传统
职业	家长：	时期	19 岁
	个人：		
祖上来历	父辈：	文身人	外村的一名师傅
	祖辈：	分几次完成	
	曾祖：	工具药品	
	高祖：	花费	
子女	数目：	仪式	无
	职业：	术后	拜师有仪式，需要红布、白布、米和蜡烛，并交 300 块钱。
住址	本地	备注	1966 年开始曾给人文身，每次 20 或 30 块钱
二、解读纹饰			
图案	位置	文身时期	含义
经文图饰	前胸	19 岁	胆大、勇敢
图案	背部	19 岁	吉祥如意
经文	手臂	19 岁	刀枪不入

访谈人：赵丽明、许多多、钮晨琳、邵晓钰、郭昊、刘宽、滕达

地点：景洪市曼听村

日期：2009 年 7 月 22 日上午

翻译：无

问卷记录：钮晨琳

岩庄

受访人：

岩庄（康朗庄），男，傣族，50 来岁，在西双版纳傣文报社工作。其本名岩庄，康郎庄是还俗以后的名字，康朗相当于法号，是"佛爷"还俗以后的称呼。他在当和尚期间还有一个法号，发音接近"苏塔摩"，是最大的法师取的。

访谈内容：

问：您对文身图案比较了解，知道这个是蚯蚓纹，那您知道多少种成文的文身花纹？以前人文身的图案大概有几种？我前两天听老人说蚯蚓纹是蛇形纹。

答：刚才师傅说那三种，一个是狮子，还有鸟和花。我就知道这三种。这个是说法不一样，你到各个师傅各个寨子他们说出来都是不一样的。

问：那说法不一样的图案刻得一样吗？

答：刻得都是一样的，只是说法不同，像勐海、勐腊、大勐龙、景洪，说法都不一样。大概意思本身都是刀枪不入、辟邪等。

问：鸟是孔雀吗？

答：包括孔雀。

问：像一个莲花座这样的，里边有些不同的图案，是什么意思？这个莲花座会从后背上，腰上延伸到前边吗？

答：这个意思是刀枪不入。会延伸到前边的，文一圈。

问：这个图案代表的是人的样子吗？

答：是猪、鸡之类的牲畜。

问：师傅知道为什么要文这些动物吗？

答：祖先一代传一代都用动物。动物，比如说鸡、猪，都是和人类在一起的，所以可以文在身上。

四　田野调查：勐海布朗族文身

　　要上山了。跟缅甸接壤的布朗山。布朗山上条件比较差，山高，交通、经济都不发达，夏天蚊虫也多。

　　勐海县在景洪市西，路程是从景洪到"勐腊县"距离的一半。下午 3 点左右从出发，傍晚到了勐海县，岩叫书局长接待我们。岩叫书局长安排了两部小面包车，送我们到布朗山半山腰的曼歪村。

（一）勐海曼歪村布朗族文身调查

曼歪村是勐海县城到布朗山顶客运线路边、在地图上查不到、网络上只有名字的地方。它地处勐海县城南约30千米，途径勐混乡。沿客运线继续向西，终点站是边陲贸易重镇打洛。小村南边的高山上布朗山布朗族乡，也与缅甸接壤。全村人口334人，73户，主要是布朗族。

到曼歪村的第一个晚上，听克三支书和村长介绍说曼歪村有300多口人，都是布朗族，女孩有些外嫁，男孩基本不出去。这意味着：曼歪村较为封闭，传统文身保存相对较好，可作为西双版纳全州文身情况的抽样和缩影。但它又不全然闭塞，有一定的人口流动，有的文身师傅还是从比邻缅甸过来的，换言之，可以在这里观察到村寨与周边的互动。

我们第二天兵分两路，一边继续进行个案访谈，一边进行全村文身状况普查。克三支书不能分身，特意安排了会汉话的曼歪村妇女主任玉儿尖、教师玉班应带路逐一走访村中各家。

村里的山坡上建有一座缅寺，是这次走访遇见僧侣最多的缅寺。建筑看起来已经

曼歪村一角

有不少年代了，装饰的兽头造型古朴，乌瓦上遍布青苔。

到曼歪村的时候，天已经黑了。在村口的克三支书家，热情的支书热情招待了我们。

我们聊到半夜，支书和村长引我们去村中人家借宿。从村口到村上有大约 300 米的盘山公路，黑魆魆没有路灯，前面支书用手电照路，后面的我们用手机照明。左手边绵延的山脉沉沉睡去。只有夏虫在清歌。

曼歪村缅寺一角

老婆婆在烧水

三个男生在另一户人家

曼歪村缅寺

曼歪村民居

竹编小桌

牧归

村中缅寺纯真可爱的小和尚

曼歪村的姑娘

访谈人：赵丽明、许多多、钮晨琳、邵晓钰、郭昊、刘宽、滕达
地点：勐海县曼歪村支书克三家
日期：2009 年 7 月 23 日晚
翻译：支书克三

受访人：

克三，曼歪村支书，哈尼族，男，43 岁；

岩拉，曼歪村村长，布朗族，男，42 岁，12 岁入庙当了 3 年和尚，16 岁出来订婚，现有一个孙子。手上拴有白线，叫"帕丝"，因为身体不好，去年缅寺里面"大佛爷"给拴的，有祈福的作用。（由于受访人无法用普通话交流，故访谈由翻译转述）

访谈内容：

问：傣族、布朗族都有缅寺吗？

答：傣族、布朗族一样，都有缅寺，哈尼族没有，因为哈尼族不信这个。布朗族每个礼拜去寺庙做一次拜祭，十多家为一个组，各组选择每周的一天。因为一个寨子的人同时都去缅寺坐不下。寨头是老人，傣语叫"布匹"。

村长手臂纹样

寺里有七个和尚，都是本村人。从低到高分小和尚、大和尚、二佛爷、大佛爷，一般到了 20 岁就可以升为大佛爷。

问：咱们这里过春节吗？

答：不过，这里的新年和傣族一样，是泼水节。每年阳历四月十三、十四、十五三天泼水节。是这里最大的一个节日。前面几天他们搞关门节。关门节到开门节之间的三个月，不准盖房子，小伙子、小姑娘不能婚嫁。比关门节和开门节更重大的节日一个是泼水节，另外一个是"赕佛节"。在九月份，布朗族和傣族在缅寺赕佛、祭拜家族先人。

问：这儿的男人都要文身吗？

答：这里一到年龄，一般十二三岁，就必须要文，是风俗习惯。要是不文身的话，会被其他人小看。

文身的时候一般没有什么仪式，但也有些是有的，要上缅寺里去。图案有些是按

书文。缅寺里面就有一大本文身的经文。现在不像以前要文什么随便选以前是有规定的要根据什么时候出生多大岁数来文布朗族也用傣历。

问：小和尚为何还要上学？学校里说汉话还是布朗话？

答：当和尚必须上学，不来上学的话，和尚的等级就不准升。孩子七岁进寺庙，上学就从缅寺里面出来到村口的学校，下课了回寺里。每天寨子里各个组轮流送饭送菜。村里的小学只到三年级，之后就去县里民族小学读书。这个村文化最高的一个还在读初二，其他寨子高中生、大学生也有，这个寨子的孩子不喜欢读书。学校里教汉语。布朗话没有文字，都用傣文。

问：布朗族还是赛歌恋爱吗？

答：以前老人唱。现在不是不爱唱歌，有些人会唱，有些人不会唱。以前是爸爸妈妈做主的。不过现在是自由恋爱了。这个村小女孩都跑外面去了。副村长有两个小孩，老二是个女的，嫁到了安徽。她今年 21 岁，是小伙子来找媳妇，就嫁过去了。村里小姑娘嫁到四川、重庆、河南、江苏的都有。男孩子不爱出去，在家里养父母。哈尼族现在男孩也去打工，好多都走了，但是这个村没有。

曼歪村文身者中当过和尚（在傣族、布朗族地区等同于受教育）的比重平均达到75.3%，20—29 岁、30—39 岁和 70—79 岁三个年龄段均达到或接近100%，可见，文身与当和尚有着密切的联系。而在未文身者当中，也是几乎所有的人都当过和尚。这说明：当和尚在当地是一种相当普遍的风俗。

但其中 50—59 岁是一个较为特殊的年龄段，这一批村民出生在 1950—1960 年之间，当他们在应当进缅寺当和尚的时候（6—16 岁），恰好遇到"文革"。因此，这一批村民中当过和尚的比重较低，仅 20%。

另一个值得注意的年龄段是 10—19 岁，以及 20—29 岁。这两年龄段的村民，当和尚的比重很大，分别达到 74.2% 和 94.0%。然而文身者的比例却很低，仅 12.9%和 52.0%。7 月 24 日访问大佛爷时，一位没有文身的初中生的一段话很好地解答了这一现象："不文身不是不勇敢。现在人不文身是出于两种想法，有的要读书，有些要去当兵。"也正是这样的时代因素，当全村文身比重为 42.5% 时，30 岁以上男性村民的文身比例却达到 68.1%。

曼歪村 77 例文身手术中，34 例为傣族文身师完成，是布朗族文身师手术次数的1.7 倍。在采用傣历、傣文诸多傣族文化的现象之后，又一次反映了布朗族对于傣族文化的认同。

曼歪村男性文身者与未文身者人数分布

	0—9	10—19	20—29	30—39	40—49	50—59	60—69	70—79	—	—
文身人数	0	4	26	10	21	10	1	5	–	77
未文身人数	31	27	24	7	61	5	1	3	–	104
文身者比重（%）	0.0	12.9	52.0	58.8	80.8	66.7	50.0	62.5	–	42.5
文身者当过和尚人数	0	3	24	10	14	2	0	5	–	58
比重（%）	0	75.0	92.3	100.0	66.7	20.0	0.0	100.0	–	75.3
未文身者当过和尚人数	0	20	21	7	5	1	1	3	–	57
比重（%）	0	74.1	87.5	100.0	100.0	20.0	100.0	100.0	–	75.3

注：（1）全村 153 名女性，仅一人右腕文刺图案。1973 年生，上过四年学。
（2）村中 60 岁以上人口人数较少，不能更为精确地反映西双版纳地区文身的普遍性。

文身师民族分布

文身师来源	傣族	缅甸师傅	布朗族	自己	不明
文身人次	34	1	20	19	3
比重（%）	44.2	1.3	30.0	24.7	3.9

注：调查中共提及五位布朗族文身师傅：岩依帮、岩帕南、岩坎儿、岩康恩、岩思帮。"自己"文身多是出于好奇，为非正式文身。"不明"包括外地人和已去世不知姓名、民族的文身师。

布朗族文身 9 例个案访谈记录

姓名	年龄（岁）	民族	访谈时间	访谈地点
岩坎儿	32	布朗	7 月 24 日	勐海曼歪村
岩叫儿	74	布朗	7 月 24 日	勐海曼歪村
缅寺路人	40 左右	布朗	7 月 24 日	勐海曼歪村
岩康龙	35	布朗	7 月 24 日	勐海曼歪村
岩温南	74	布朗	7 月 24 日	勐海曼歪村
岩帕南	41	布朗	7 月 24 日	勐海曼歪村
都应	40	布朗	7 月 25 日	勐海新曼峨村
岩帕宝	61	布朗	7 月 25 日	勐海新东南村
岩勇南 1	74	布朗	7 月 25 日	勐海新东南村

访谈人：赵丽明、许多多、钮晨琳、邵晓钰、郭昊、刘宽、滕达

地点：勐海县曼歪村缅寺

日期：2009 年 7 月 24 日上午

翻译：克三支书

问卷记录：郭昊

受访人：

岩坎儿（"大佛爷"），男，布朗族，32 岁，是勐海县曼歪村缅寺的"大佛爷"，负责管理寺内的 7 个人，传授傣文。其 11 岁来该寺，距今 21 年，不想还俗了。当和尚的时候可以回家，但是晚上不能在村子里住。傣族和布朗族都使用傣文。（由于受访人无法用普通话交流，故访谈由翻译转述）

访谈内容：

问：是几岁文的？谁给您文的？文身师傅也是和尚吗？他还在世吗？

答：17 岁文的。文身师傅不在了，他以前是和尚，后来又还俗了。

纹饰解读

问：你们两个手上花纹怎么不一样？你手臂上的是花还是经文？

答：他是"佛爷"，"佛爷"有特别的花纹。都是傣文，刀枪不入的意思。

问：胸部的是鱼还是龙？背上有这个图案吗？是什么意思？

答：龙。只有胳膊和胸前连着有两条龙。背上没有东西。是祖宗传下来的传统，谁当了这里的"佛爷"，就要把两条龙文上。

问：你的师父，原来的"佛爷"也是这样？不是"佛爷"可不可以这样文？这个

曼歪村大佛爷岩坎儿

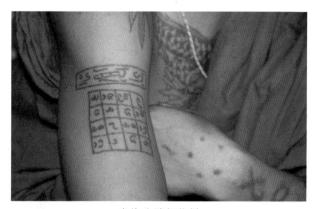
岩坎儿臂部纹样

龙是佛教的吗？中国皇帝才有龙。

答：应该是。在这个寨子里面，他跟皇帝一样。

问：这个是凤还是孔雀？这个是什么花？

答：不是孔雀，是凤。

问：这方块是什么意思？里边的字能读出来吗？

答：这个方块里文的是傣语。像汉语写的一、二、三。这个是八。这个是九，这个是六，这个是五。可以读的，按照傣文读。

问：文的时候疼不疼？

答：疼。

文身者基本情况登记表

一、基本情况			
姓名	岩坎儿	测量地点	勐海县布朗山曼歪村
族名	布朗族	测量日期	2009 年 7 月 24 日
性别	男	照片号数	3
年龄	32	健康状况	病名： 原因：
生地		身体变态	形态：文身
宗教	佛教		部位：前胸、两臂
语言	布朗语、傣语、汉语	原因	当和尚所需
职业	家长：	时期	17 岁
	个人：		
祖上来历	父辈：	文身人	长老
	祖辈：	分几次完成	1 次
	曾祖：	工具药品	
	高祖：	花费	无
子女	数目：	仪式	无
	职业：	术后	直接种田、五六天后恢复
住址	本地	备注	心不诚、不愿意的可以不文
二、解读纹饰			
图案	位置	文身时期	含义
人脸图案、蜡烛、太阳、龙	前胸	17 岁	不详
数字	右小臂	17 岁	不详
花	左小臂	17 岁	不详

访谈人：赵丽明、许多多、钮晨琳、邵晓钰、郭昊、刘宽、滕达
地点：勐海县曼歪村缅寺
日期：2009年7月24日上午
翻译：克三支书
问卷记录：钮晨琳

受访人：

岩叫儿，男，布朗族，现年74岁，专管勐海县曼歪村缅寺，当地称为"寨头"，地位仅次于"佛爷"。13岁至22岁曾在缅寺当和尚，还俗后成为主管。15岁当小和尚时曾自己文身。在布朗族实行"男右女左"，所以右臂重要，一般刺经文。

曼歪村缅寺二和尚，掌握文身技术，曾给五六个人文身，最近的一次在2000年。他本人现在身上文身很少，但是若将来当了"佛爷"要补文。（由于受访人无法用普通话交流，故访谈由翻译转述）

曼歪村岩叫儿

访谈内容：

问：你身上的傣文写的是什么？

答：口功。是一种经文。

问：按照你们讲，除了有保护自己的作用还有什么？

答：刀枪不入。

问：当时用的是什么工具？

答：两个针。需要别人按住因为疼得要叫要动。

问：文身前后需要使用药品吗？

答：文身前不能喝酒，刺完用草药涂，但具体什么草药记不清楚。

问：文身师傅是哪族人？是否要收费？

答：傣族、布朗族都有，信仰一样。文一个龙要 50 元。

受访人：

二和尚，曼歪村缅寺二和尚，掌握文身技术，曾给五六个人文身，最近的一次在 2000 年。他本人现在身上文身很少，但是若将来当了"佛爷"要补文。（由于受访人无法用普通话交流。故访谈由翻译转述）

访谈内容：

问：给别人文身时用什么墨水？针是什么样子？是靠记忆文（图案）还是有参照的书？图案是被文身人自己选的吗？

答：文身用的墨水是市面上购买的普通碳素墨水。针是两三颗用线拴起来的。图案有专门的一本大书，被文身人选定后先文身师傅先画在他身上再刺。

问：您的书是怎么得来的？都能看懂吗？有没有专门给文身用的经书？

答：经书是师父手抄后传下来的，师父现也在布朗山。如果看不懂经文就不能当（"佛爷"、文身师傅），没有专门文身用的经书，都是直接从佛经里选出来的。经书是小和尚进来后的第一本入门课程，书中没有图案。

问：方形图案和里面的傣文字母是何含义？这样的框子里是否可以可别的东西？格子里的数字有什么含义？花和蜻蜓在布朗族有没有特殊含义？

答：右臂图案是像护身符一样防止鬼上身的，都是出自傣文的经文。数字放在格子里就好，一二三四都有，代表身上、手上等不同部位，刻上去好看的意思。

访谈人：赵丽明、许多多、钮晨琳、邵晓钰、郭昊、刘宽、滕达

地点：勐海县曼歪村缅寺

日期：2009 年 7 月 24 日上午

翻译：无

问卷记录：钮晨琳

受访人：

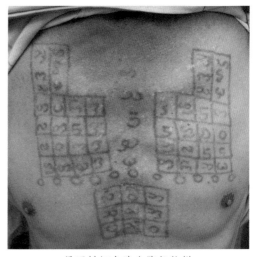

过路人，男，布朗族，40 左右。在勐海县曼歪村缅寺遇见。前胸有傣族文身师傅文的文身。图案为文身师傅选定，基本为数字格，老傣文书写。文身者本人仅认为图案有美感，不详其所具含义。师傅文完后未做解释。

曼歪村缅寺路人胸部纹样

访谈人：郭昊、邵晓钰、滕达

地点：勐海县布朗山乡曼歪村

日期：2009 年 7 月 24 日下午

翻译：不知姓名

受访人：

岩康龙，男，布朗族，1974 年出生，家住勐海县布朗山乡曼歪村。12 岁进入寺庙当和尚，17 岁成为寺庙二佛爷，并文身，20 岁成为大"佛爷"直至 35 岁，但他本人不会文身。会老傣文、新傣文、泰语和一点汉语。（由于受访人无法用普通话交流，故访谈由翻译转述）

访谈内容：

问：文身用什么样的针？怎么文？自己想文吗？

答：用三根针 /to^{55}/（文），非常疼，原来文前不喝酒，现在要喝一点。大"佛爷"给讲图案的意思，喜欢就文，主要还是看心诚，如果不喜欢的话可以不 /to^{55}/。

问：文身是谁文的？一次性完成吗？图案是不是自己选的？有书吗？

答："大佛爷"给所有"二佛爷"及小和尚 /to^{55}/（文）的，分两次完成，图案是"大佛爷"给选的，他原来在缅甸，到这里来当大"佛爷"、长老，现在已经不在了。师父（大"佛爷"）告诉大家这个好。他有一本书，按上面的图案文，现在书已经没有了。

问：文完后几天能好？抹草药吗？需不需要交钱？

答：起码五六天才好，没有抹草药。也不给钱，他是师父。

问：现在村里还有人会文身吗？

答：现在有没有不清楚，但以前是他给文的。

问：所文图案除了好看外还有别的意思吗？

答：有出了外面受保护的意思。圆洞是数字零，还有万的意思。这些是傣文，相当于汉文的一二三四五六……有 0-3-0-2，还有这个 8-9-3-1-0，数字的排列顺序含义不懂。手臂上是两条龙中间一个太阳。背上是一朵花。

访谈人：赵丽明、许多多、钮晨琳、邵晓钰、郭昊、刘宽、滕达
地点：勐海县布朗山乡曼歪村
日期：2009 年 7 月 24 日下午
翻译：曼歪村支书克三
问卷记录：许多多

受访人：

岩温南（党员），男，布朗族，1935年出生，老家在布朗山上，后搬至曼歪村。1953 年解放时即入党，是布朗族第一代党员。老革命，当时做指导员，带领四五十个人用黄牛给解放军驮东西上布朗山。1953 年起在曼歪村当了 30 年村长，经历了土地改革、人民公社等社会变迁。12 岁进寺庙后当过八年和尚，"大佛爷"因结婚只做了一年即还俗。没有读过书，去过最远的地方是勐海县，没有去过昆明等更远的地方。能听懂布朗

曼歪村岩温南

语和傣语，因年事已高，身体状况不太好。（由于受访人无法用普通话交流，故访谈由翻译转述）

访谈内容：

问：老人文身时多大？分几次完成？

答：十三四岁文的，一天就完成了，和寨主一起搞的。

问：文身要花多少钱？文身师傅是哪里的？

答：师傅是他爸爸从勐海请过来的傣族人。花了6个银元，当时是很贵的。

文身者基本情况登记表

一、基本情况			
姓名	岩温南	测量地点	勐海县曼歪村
族名	布朗族	测量日期	2009 年 7 月 24 日
性别	男	照片号数	
年龄	74	健康状况	病名：无　原因：
生地	布朗山	身体变态	形态：文身
宗教	共产党员（1953 年入党）		部位：大腿
语言	汉语、布朗语	原因	
职业	家长： 个人：村长、民兵指导员	时期	13 岁
祖上来历	父辈：	文身人	勐混镇傣族文身师傅
	祖辈：	分几次完成	1 天
	曾祖：	工具药品	针
	高祖：	花费	一边 3 个大洋，2 边共 6 个
子女	数目：2	仪式	
	职业：	术后	1 周
住址	勐海县曼歪村	备注	
二、解读纹饰			
图案	位置	文身时期	含义
花	大腿	1948 年	装饰

访谈人：郭昊、邵晓钰、滕达

地点：勐海县布朗山乡曼歪村

日期：2009 年 7 月 24 日　　　翻译：无　　　问卷记录：郭昊

受访人：

岩帕南，男，布朗族，生于 1968 年，布朗山曼歪村现任大佛爷，同时兼做文身师傅。当小和尚时坚持读书，早 8 点至 10 点，下午 2 点至 4 点，晚 6 点至 8 点都要读傣文，现熟练掌握布朗语、傣语、汉语。在这里我们意外地收获了 13 册图谱！队员们欣喜地围着图谱拍照，可惜忘了给图谱的主人留影。（访谈的对话围绕图谱展开，详见本书第六章）

文身者基本情况登记表

一、基本情况			
姓名	岩帕南	测量地点	勐混县曼歪村
族名	布朗族	测量日期	2009 年 7 月 24 日
性别	男	照片号数	37
年龄	41	健康状况	病名：无　　原因：
生地	本地	身体变态	形态：文身
宗教	佛教		部位：前胸、两臂
语言	布朗语、傣语、汉语	原因	当"佛爷"所需
职业	家长： 个人："佛爷"、 文身师傅	时期	12—13 岁
祖上来历	父辈：	文身人	
	祖辈：	分几次完成	2 次
	曾祖：	工具药品	几根针绑在一起
	高祖：	花费	前胸 0.5 元，两臂 0.5 元（第一批），花 5 元（第二批）
子女	数目：	仪式	无
	职业：	术后	直接去田地
住址	勐海县曼歪村	备注	文身自愿，按图谱自选图案收费，由文身师傅选图案免费
二、解读纹饰			
图案	位置	文身时期	含义
数字、圆圈	前胸	12—13 岁	平安
数字格子	两臂	12—13 岁	特殊含义
花	右手臂上部	2004 年	美观、装饰

（二）勐海新曼峨村、新东南村布朗族文身调查

从岩帕南家出来，我们稍作休息，就登上了下午三时去布朗山顶的班车。

相比于曼歪村，布朗山顶反而有更多的游人。据当地人说，甚至有外国人点名要来布朗山上摄影。从经济角度看，这个山顶的镇子有商铺、饭店，还有挺大规模的乡政府办公室。虽然每天上山、下山各只有一班车，毕竟方便了很多。

到了山顶，接待我们的人是俞智新乡长，一位很年轻的汉族人。他安排我们住在乡招待所，又联系了当地人岩三洪做我们的向导。我们约了第二天8点出发去山里的村落寻访文身者。

访谈人：赵丽明、许多多、钮晨琳、邵晓钰、郭昊、刘宽、滕达
地点：勐海县布朗山新曼峨村
日期：2009 年 7 月 25 日上午
翻译：无
问卷记录：钮晨琳

受访人：

都应，男，布朗族，出生于 1969 年，家住勐海县布朗乡新曼峨村，现在在寺庙做大"佛爷"。12 岁开始做和尚，文化程度是小学毕业。我们也是偶遇。当时在去村里文身者家的路上，看见一位披着橘黄色袈裟的僧侣，觉得有一股传统的吸引力。不过，他也不尽然传统——脚跨边境，是为国际化的佛爷呢，他会泰语，也会一些汉语。我们看见他的时候，他正骑着摩托。后来在我们的请求下，用手机跟泰国文身师傅阿赞苏利亚通了话，告诉他我们要去拜访的消息。

访谈内容：

都应介绍：这是我泰国朋友帮忙文的，他们说可以防身。经文的意思是护身的。剩下的是当小和尚时自己刺着玩的。现在和以前不一样了，以前那些老人，腰上背上都有，全身都文。

问：经文是怎么选的？您都认得这些字吗？

答：经文是师傅挑的，能念出来但不会翻译。这是巴利文，必须要学会梵文才

能翻出来。巴利文和老傣文意思一样，但用的不一样。这个图是字母（用手指着一处纹样），好像是柬埔寨文。

问：这些文身是一次完成的吗？

答：不是。这是我刚出家时文的，那是还小，看朋友文也让他们帮我文。泰国师傅是去年文的，他现在在勐混一个很老的寺庙里。听老人说，布朗族、傣族的传统是男孩必须文身才分得出你是布朗族、傣族，然后才可以分男女。还有，男孩在以前10岁到12岁必须要出家，否则女孩就不嫁给你，可是现在没有这个事情，也是传说的。

问：文身前有仪式吗？需要交钱吗？当时是什么场景？恢复怎样？

答：没有仪式，不用交钱。在场有三个人，一个文，另一个在看，觉得好看也要文。有一点痛，没有麻醉。用墨水文，当天用清水洗。

问：自己文的是什么时候？用什么工具？红色的怎么弄的？

答：有三年级文的，也有1982年文的，还有去年。有插电的文身器，也是针 /to^{55}/（文），红的用红颜料文的。按照泰国师傅的本子我觉得好看就文了。文身器是泰国佛爷从马来西亚带来的。

告别了都应，我们步行了很多山路，又搭了一程顺风车，到了山顶的山顶——新东南村。在这里，我们感到目光的压力——我们成了外来的少数民族了。

我们的访谈在村长家中进行。村里的文身老人聚集到这较为宽敞的地方。传统文身就两位，有些老人走不动了，便不来了。其

布朗山新曼峨村都应

余都是年轻的村民，多多少少有些文身，现代、传统兼备。他们有些会汉话，间断地做些翻译。

文身者基本情况登记表

一、基本情况			
姓名	都应	测量地点	勐海县布朗乡新曼峨村
族名	布朗族	测量日期	2009 年 7 月 25 日
性别	男	照片号数	5
年龄	40	健康状况	病名：背疼　原因：
生地	本地	身体变态	形态：文身
宗教	佛教		部位：两小臂、左手心、左手背
语言	汉语、布朗语	原因	从众、护身
职业	家长：务农	时期	12 岁、34 岁
	个人："大佛爷"		
祖上来历	父辈：	文身人	自己、泰国文身师傅
	祖辈：	分几次完成	3 次
	曾祖：	工具药品	墨水、针
	高祖：	花费	无
子女	数目：	仪式	无
	职业：	术后	当天文完当天用水冲洗
住址	本地	备注	
二、解读纹饰			
图案	位置	文身时期	含义
乱涂	左手臂背侧	12 岁	好奇
佛经	右小臂	12 岁	护身
莲花	右手心	39 岁	美观
图、柬埔寨字母	左小臂内侧、右手背	39 岁	护身

访谈人：赵丽明、许多多、钮晨琳、邵晓钰、郭昊、刘宽、滕达

地点：勐海县布朗山新东南村村长家

日期：2009 年 7 月 25 日上午

翻译：岩三洪和在场某人（未知姓名）

问卷记录：钮晨琳

备注：环境嘈杂，不好分辨。基本信息是根据笔记、问卷整理补充。

受访人：

　　岩帕宝（主讲人），男，布朗族，1948 年生，当过八年和尚，"文革"时还俗。头戴一顶圆圆的窄边帽，见闻极广，又很开朗，爱说话，是当天访问时口才最佳的一位。（由于受访人无法用普通话交流，故访谈由翻译转述）

访谈内容：

　　受访人介绍说他双腿有文身，31 岁时由从勐海来的傣族文身师傅岩勇一天内完成，花了相当于今天 100 多块钱的银元，还要请师傅吃饭并送衣物。身上图案含义主要问刀枪不入、强壮。文身前不能喝酒，也没有用鸦片，不能吃酸的、辣的、鸡肉、鸡蛋。很痛，7 天之后才好，以后再也不刺了。

　　布朗族人烧火用的"明柴"。烧在叶子上产生黑的刮下来与猪胆汁混合在一起（做成墨水）文到身上。这个叶子是文好后往身上伤痕处涂的（草药），也可以用开水煮了喝。布朗语念 /mai biang/，但是不会写，没有汉字对应。出血，拉肚子，痢疾也可以吃，有白花的和红花的，用途不同，现在这种草药很少了。

　　文身用针文，/to⁵⁵/ 几下血就出来，然后用药。是用一种植物上的刺，具体记不清楚。

　　这个背上文的是雕鹰，很小，但速度相当快，生命力强，会飞，能叨鸡的。选这图案是因为它好看。

布朗山新东南村岩帕宝　　　　　　　　　　岩帕宝腿部纹样

受访人：

岩勇南，布朗族，74 岁，勐海县布朗山乡新南东村人。

布朗山新东南村岩勇南

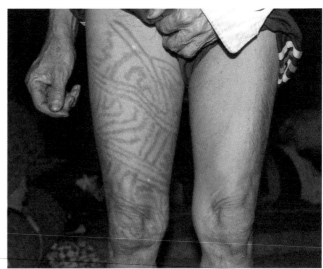
岩勇南腿部纹样

不论生活多么艰难，当地人们依然坚持着一村一寺的传统，寺中的摆设色色齐全而富丽堂皇。它是村民们的归宿与寄托。

缅寺外的一座小阁

布朗山新东南村缅寺

文身者基本情况登记表

一、基本情况			
姓名	岩勇南	测量地点	勐海县布朗乡新南东村
族名	布朗族	测量日期	2009 年 7 月 25 日
性别	男	照片号数	4
年龄	74	健康状况	病名： 原因：
生地	本地	身体变态	形态：文身
宗教	佛教		部位：右腿
语言	布朗语	原因	打仗护身、习俗、证明勇敢
职业	家长：种茶	时期	16 岁
	个人：种茶		
祖上来历	父辈：	文身人	
	祖辈：	分几次完成	1 次
	曾祖：	工具药品	针
	高祖：	花费	10 个铜钱（近似人民币 70—80 元）
子女	数目：1	仪式	无
	职业：种茶	术后	两三天后可以干活，一星期恢复
住址	本地	备注	文身前先用墨水在身上画好图案再刺
二、解读纹饰			
图案	位置	文身时期	含义
花纹	右大腿	16 岁	美观、从众

（三）勐海勐混镇布朗族文身调查

前文提到的勐混镇，有都应佛爷帮我们通报过的泰国僧人。

访谈人：钮晨琳、郭昊、邵晓钰、滕达
地点：勐海县勐混镇
日期：2009 年 7 月 26 日
翻译：滕达
问卷记录：郭昊
备注：滕达与佛爷用老挝语、泰语交谈、翻译。

勐混镇阿赞苏利亚

受访人：

阿赞苏利亚，男，泰国人，生于 1975 年 12 月 8 日，29 岁文身。任勐混镇漫天发财寺大佛爷，寺庙主要为泰国师傅修缮，认为现在中国信仰佛教的太少。掌握文身技术，身上有普通文身及无色文身。（由于受访人无法用普通话交流，故交谈由翻译转述）

访谈内容：

翻译介绍：泰国现在文人的人很多，且形式多样，纯属自愿，与地位无关。任何人都可以文，现在的文身师傅也很多。文身人可在书上自己选择喜欢的图案（更接近于中国现代文身）。鸡、龙、虎、猴子等各种动物都有，有百病不侵和刀枪不入的含义。除了动物外还有经文，古高棉语，柬埔寨语，但是不文泰语，巴利文后演变成柬埔寨语。

问：佛教产生前有文身吗？

答：远古就有文身，当时是作为一种标志，标志族的不同。

问：关于文身的神话传说故事在泰国有吗？

答：有，比如哈努曼的故事。在文了哈努曼以后，十个人都抓不住你。十分有力量。文巴利语"心脏"的意思是别人都喜欢你，做什么都喜欢。右臂文的太阳是保护的意思，大地的守护神。无色文身是因为觉得有颜色不好看。手臂上注射金丝有预测未来的作用。文右臂用了一天，隔若干天后文前胸和后背，共计两次完成。文身用带马达的机器，在泰国没有带过来。墨水有各种颜色，与普通墨水不同。

问：古代文身用什么工具？

答：是一种针。墨水是一种碳和树合制而成。

文身者基本情况登记表

一、基本情况			
姓名	阿赞苏利亚	测量地点	勐混镇漫天发财寺
族名	泰国人	测量日期	2009 年 7 月 26 日
性别	男	照片号数	
年龄	34	健康状况	病名：　　原因：
生地	泰国	身体变态	形态：文身、打金
宗教	佛教		部位：前胸、手臂、后背（文身，未上墨）手臂（打金）
语言	泰语、英语	原因	文身：学习技术　打金：预知未来
职业	家长：	时期	5 年前
	个人："佛爷"、文身师傅		
祖上来历	父辈：	文身人	自己
	祖辈：	分几次完成	打金一次，文身两次（右臂一天、前胸后背一天）
	曾祖：	工具药品	针
	高祖：	花费	80 泰铢打金
子女	数目：	仪式	打金：5 支鲜花、80 泰铢和蜡烛
	职业：	术后	文身后休息一周
住址	本地	备注	文身不上墨因为觉得不好看，替人文身使用机器
二、解读纹饰			
图案	位置	文身时期	含义
图案	前胸	五年前	保护
经文	后背	五年前	不详
太阳	手背	五年前	不详

五 文身图案：典型集粹

　　西双版纳之行，我们走访勐腊、勐海、景洪三地，采集 34 位文身者的详细情况。采用专业的摄像器材记录文身图案，辅以文身者的详尽资料与文身图案的专业解读，将全部 244 张照片编辑整理为附有文身者背景以及文身情况说明的资料卡片。

　　在以专业 SQL 语言为基础建立起的 VISUAL　FOXPRO 数据库平台系统编程之后，现将宝贵的文身者照片与相关详尽的资料进行统一汇总并合成为统一数据，可随时进行图文并茂的数据浏览、导入、导出、编辑、查询、打印。同时，利用此平台，其中数据可与其他大型数据库直接对接、导入、导出，且可进行远程控制与加密，实现资料的充分利用与保护。此数据库可作为之后文身调研的基础平台，容纳之后出现的各类型数据。

（一）文身数据资料

1. 资料卡片范例

照片编号　　1
照片　　　　Gen
文身部位　　手臂
是否为细部照F
文身者姓名　岩温叫
文身者民族　傣族
文身者性别　男
文身者所在地勐腊县勐腊村曼装村
照片拍摄时间07/18/09
文身标志1　经文
文身含义1　　保佑平安
文身标志2
文身含义2

2. 数据库文件

17	Gen	特殊符号	特殊含义			手背	T	村民	傣族	男	勐腊县曼赛囡村	07/19/09
18	Gen	经文	某种经文			手臂	T	村民	傣族	男	勐腊县曼赛囡村	07/19/09
19	Gen	经文	保佑平安			手腕	T	村民	傣族	女	勐腊县曼赛囡村	07/19/09
20	Gen	经文	保佑平安			手腕	T	村民	傣族	女	勐腊县曼赛囡村	07/19/09
21	Gen	经文	保佑平安			手腕	T	村民	傣族	男	勐腊县曼赛囡村	07/19/09
22	Gen	蛇形纹	美观			腿部	F	岩温遍	傣族	男	勐腊县曼赛囡村	07/19/09
23	Gen	蛇形纹	美观			腿部	F	岩温遍	傣族	男	勐腊县曼赛囡村	07/19/09
24	Gen	蛇形纹	美观			腿部	F	岩温遍	傣族	男	勐腊县曼赛囡村	07/19/09
25	Gen	蛇形纹	美观			腿部	F	岩温遍	傣族	男	勐腊县曼赛囡村	07/19/09
26	Gen	蛇形纹	美观			腿部	F	岩温遍	傣族	男	勐腊县曼赛囡村	07/19/09
27	Gen	蛇形纹	美观			腿部	F	岩温遍	傣族	男	勐腊县曼赛囡村	07/19/09
28	Gen	经文	保佑平安	圆圈	代表平安的，传说1000个圆圈代表平安	手臂	F	岩温遍	傣族	男	勐腊县曼赛囡村	07/19/09
29	Gen	经文	保佑平安	圆圈	代表平安，传说1000个圆圈代表平安	手臂	F	岩温遍	傣族	男	勐腊县曼赛囡村	07/19/09
30	Gen	经文	保佑平安	圆圈	代表平安，传说1000个圆圈代表平安	手臂	F	岩温遍	傣族	男	勐腊县曼赛囡村	07/19/09

3. 图文并茂的浏览

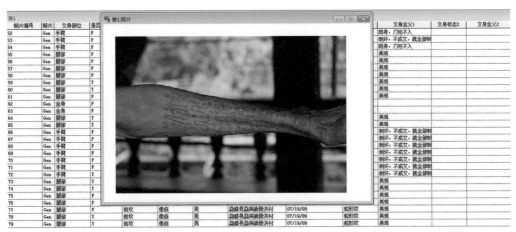

4. 随时根据相关字段的任何线索查询所需文件

5. 典型纹饰图案

虎

蛟龙

蝴蝶

泰式纹路

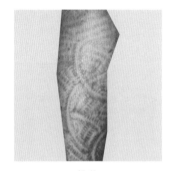

蛇纹

猴子

老傣文数字

鸟

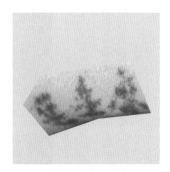

"毛主席"字样

圆圈

腕部花纹一

腕部花纹二

女性腕部花纹

鳞纹（膝盖）

奔马

胸前纹样

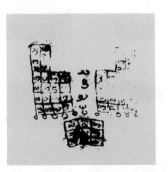

数字表（前胸）

莲花纹（腰部）

（二）文身实片集萃

胸部文身

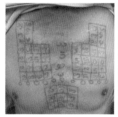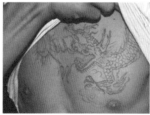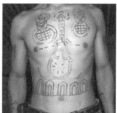

背部文身

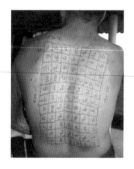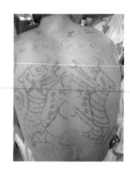

手臂文身

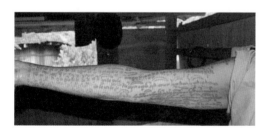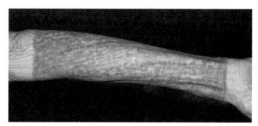

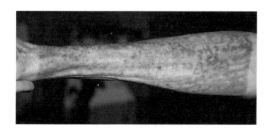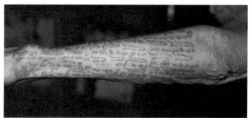

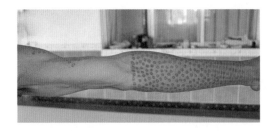

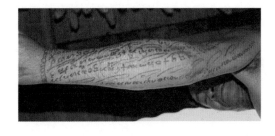
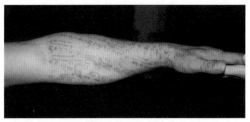

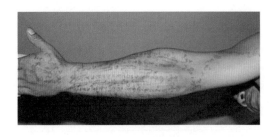
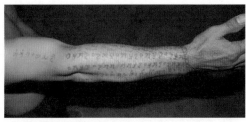

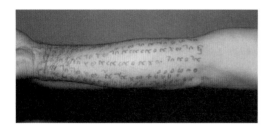 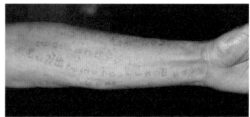

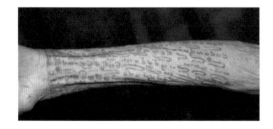 

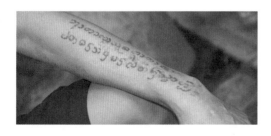 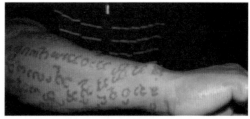

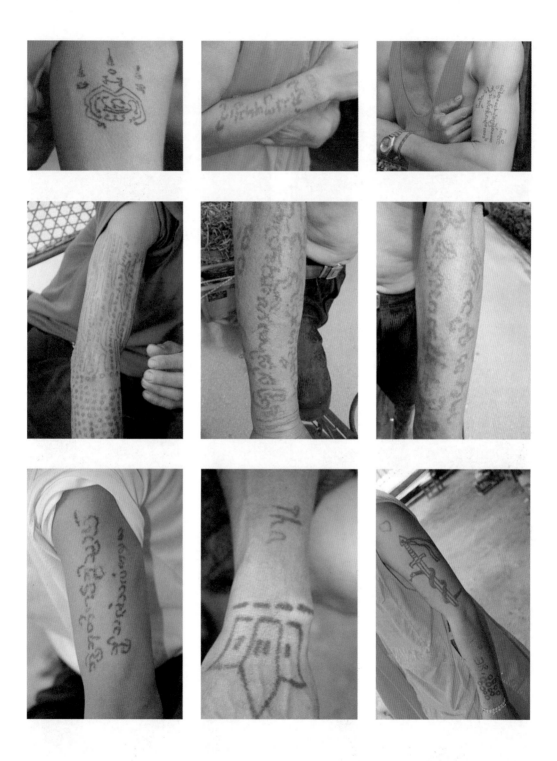

腕部文身（女）

腿部文身

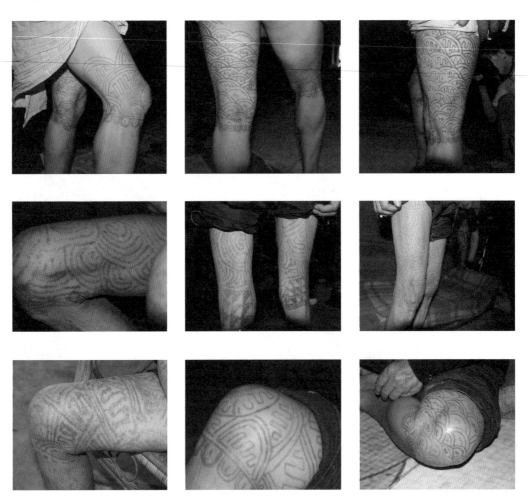

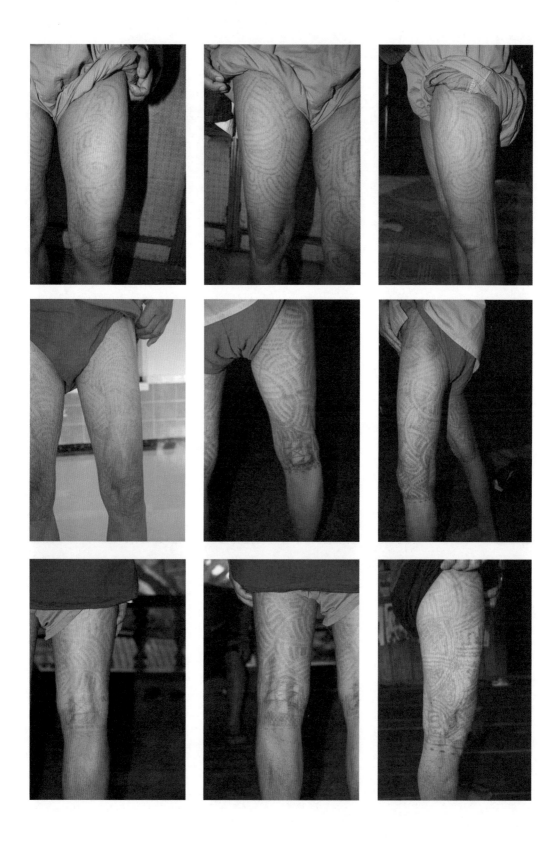

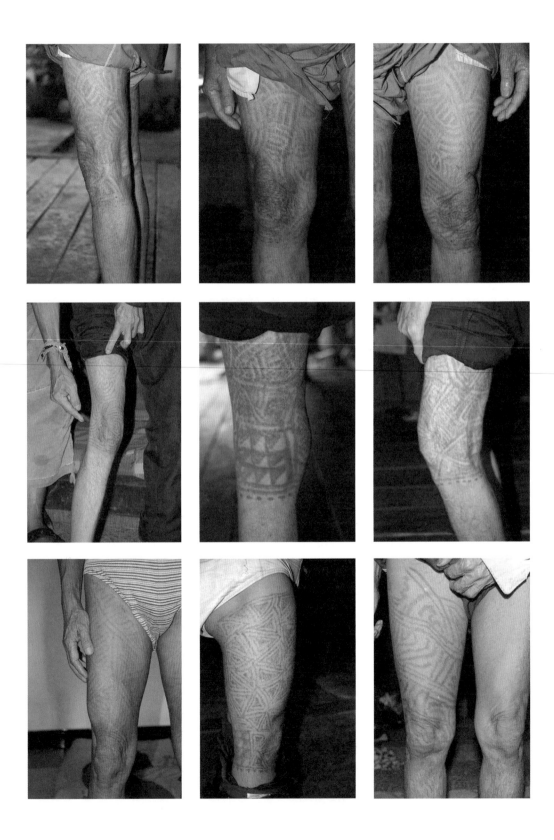

六 文身传承：传世图谱

在西双版纳，我们意外地邂逅了 15 册图谱与 1 册歌谱，这是当地文化部门都以为已经绝迹民间的珍贵孤本。

当在傣族园第一次在波亨温师傅昏暗的棚屋里看见那三册薄薄的小图册，我们甚至有一种历史的神圣感——原始未经演绎、曾刻画在无数人身体上的图案，通过文身师傅代代相传，机缘巧合，掀开粗糙泛黄的封面，呈现在我们眼前了。

图谱中图案多为宗教色彩的插画，书写文字都是傣文，有些是保佑祈福的经文，有些是注解图画。对它们的解读任重而道远。由于篇幅有限，本书谨呈从每册中选取的部分图页，供读者览其概貌。

（一）图谱

一号图谱

著者：岩应[1] 师傅的岳父的哥哥岩温叫

收藏：景洪市傣族园曼将村岩应文身师傅

装帧：线装

稽核：一册无函

行款：横版

页数：共 52 页

版本：约 16 开大小，单面书写

插图：图文并茂

提要：详细介绍了文身中使用的老傣语的具体解释

1 岩应即波亨温

二号图谱

著者：岩应师傅的岳父的哥哥岩温叫
收藏：景洪市傣族园曼将村岩应文身师傅
装帧：线装
稽核：一册无函
行款：横版
页数：共 8 页
版本：双面书写
插图：文字为主
提要：与文身含义有关

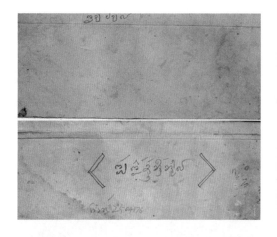

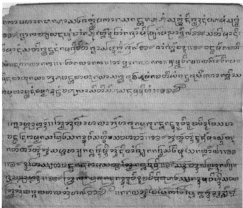

三号图谱

著者：岩罕尖的师傅，师傅誊抄后传赠
收藏：景洪市曼听村岩罕尖文身师傅
装帧：线装
稽核：一册无函
行款：横版
页数：共 46 页
版本：约 32 开大小，双面书写
插图：文字、表格、图案皆备
提要：为文身内容

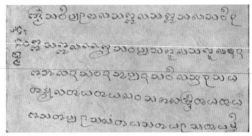

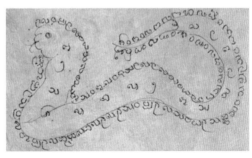

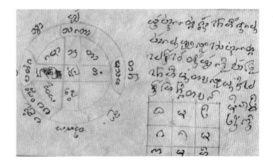

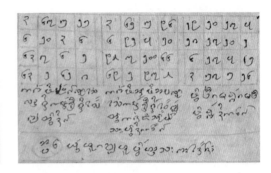

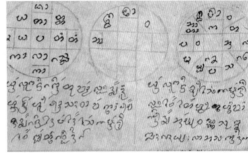

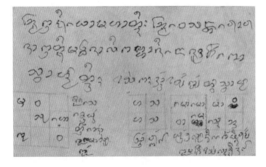

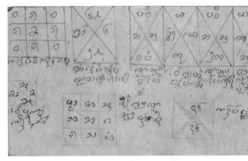

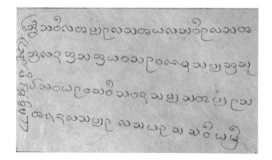

四号图谱

著者：岩帕南的师傅

收藏：勐海县曼歪村岩帕南文身师傅

装帧：线装

稽核：一册无函

行款：横版

页数：共 42 页

版本：约 16 开大小，单面书写

插图：图文并茂

提要：解读说明文身含义

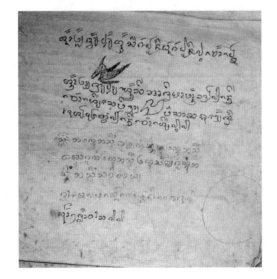

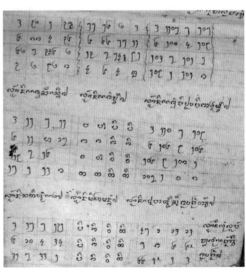

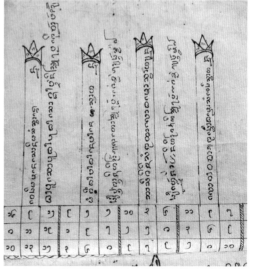

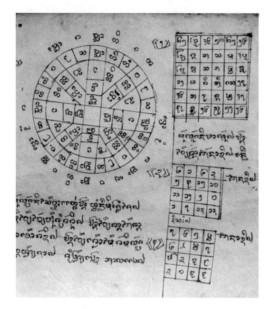

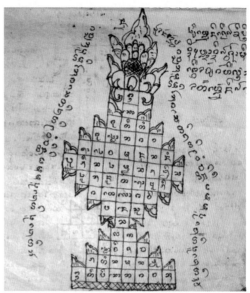

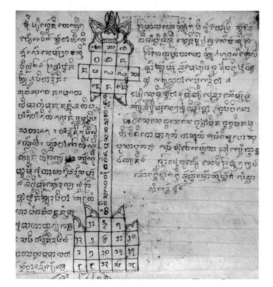

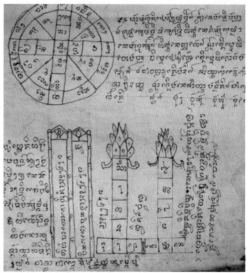

五号图谱

著者：岩帕南的师傅

收藏：勐海县曼歪村岩帕南文身师傅

装帧：线装

稽核：一册无函

行款：横版

页数：共 23 页

版本：约 16 开大小，单面书写

插图：图文并茂

提要：解读说明文身含义

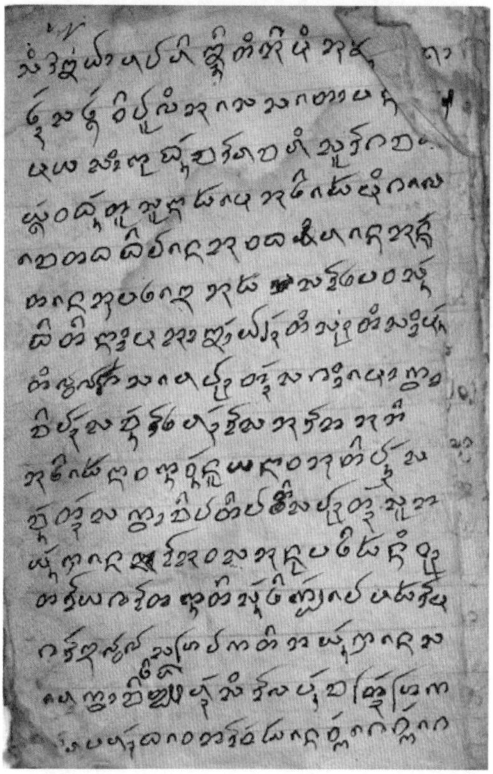

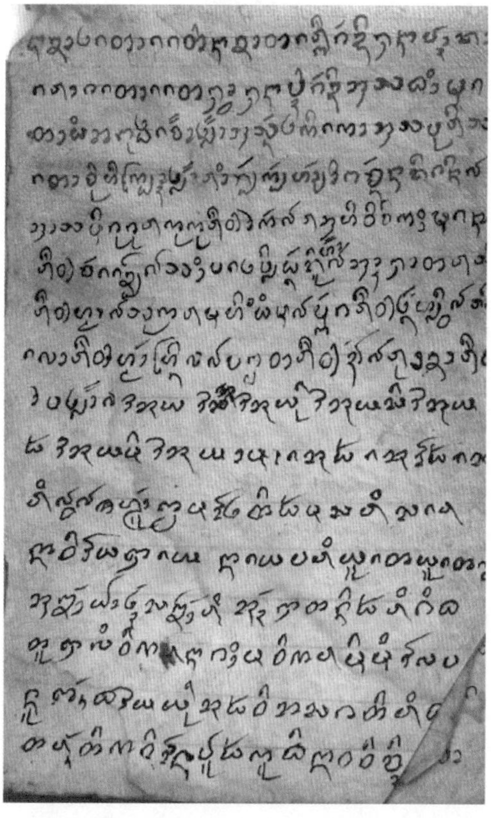

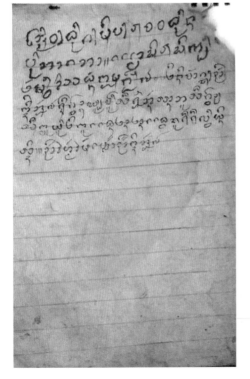

六号图谱

著者：岩帕南的师傅
收藏：勐海县曼歪村岩帕南文身师傅
装帧：线装
稽核：一册无函
行款：横版
页数：共16页
版本：约16开大小，双面书写
插图：图文并茂
提要：解读说明文身含义

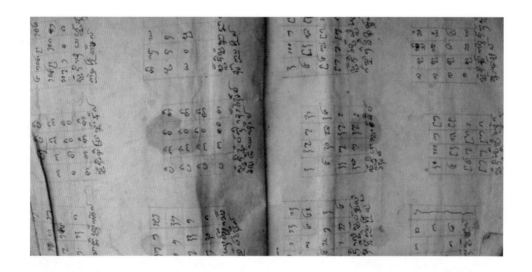

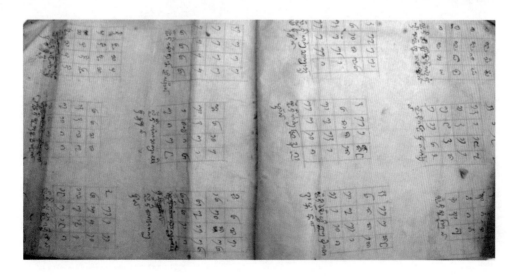

七号图谱

著者：岩帕南的师傅
收藏：勐海县曼歪村岩帕南文身师傅
装帧：线装
稽核：一册无函
行款：横版
页数：共9页
版本：约16开大小，双面书写
插图：文字无图
提要：解读说明文身含义

八号图谱

著者：岩帕南的师傅

收藏：勐海县曼歪村岩帕南文身师傅

装帧：线装

稽核：一册无函

行款：横版

页数：共 9 页

版本：约 16 开大小，双面书写

插图：文字无图。封面有红色文字

提要：解读说明文身含义

九号图谱

著者：岩帕南的师傅

收藏：勐海县曼歪村岩帕南文身师傅

装帧：线装

稽核：一册无函

行款：横版

页数：共 48 页

版本：约 16 开大小，双面书写

插图：图文并茂，有红色文字

提要：解读说明文身含义

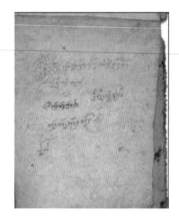

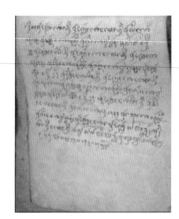

十号图谱

著者：岩帕南的师傅

收藏：勐海县曼歪村岩帕南文身师傅

装帧：线装

稽核：一册无函

行款：横版

页数：共 48 页

版本：约 16 开大小，双面书写

插图：图文并茂

提要：解读说明文身含义

十一号图谱

著者：岩帕南的师傅

收藏：勐海县曼歪村岩帕南文身师傅

装帧：线装

稽核：一册无函

行款：横版

页数：共 23 页

版本：约 16 开大小，双面书写

插图：图文并茂，封面有绿色字

提要：解读说明文身含义

十二号图谱

著者：岩帕南的师傅
收藏：勐海县曼歪村岩帕南文身师傅
装帧：线装
稽核：一册无函
行款：横版
页数：共 14 页
版本：约 16 开大小，双面书写
插图：图文并茂
提要：解读说明文身含义

十三号图谱

著者：岩帕南的师傅
收藏：勐海县曼歪村岩帕南文身师傅
装帧：线装
稽核：一册无函
行款：横版
页数：共 26 页
版本：约 16 开大小，双面书写
插图：图文并茂
提要：解读说明文身含义

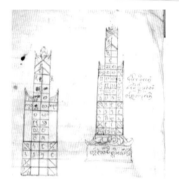

十四号图谱

著者：岩帕南的师傅
收藏：勐海县曼歪村岩帕南文身师傅
装帧：线装
稽核：一册无函
行款：横版
页数：共 36 页
版本：约 16 开大小，双面书写
插图：图文并茂
提要：解读说明文身含义

十五号图谱

著者：岩帕南的师傅

收藏：勐海县曼歪村岩帕南文身师傅

装帧：线装

稽核：一册无函

行款：横版

页数：共 30 页

版本：约 16 开大小，双面书写

插图：图文并茂，有红色标记

提要：解读说明文身含义

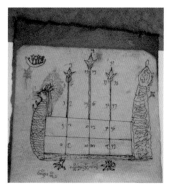

（二）歌谱

一号歌本

著者：岩应的师傅岩温叫

收藏：景洪市傣族园曼将村岩应文身师傅

装帧：线装

稽核：一册无函

行款：横版

页数：共 22 页

版本：约 32 开大小，双面书写

插图：文字为主

提要：文字与表格构成主要内容，与旧时傣族唱歌含义有关

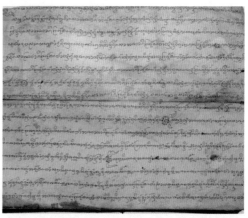

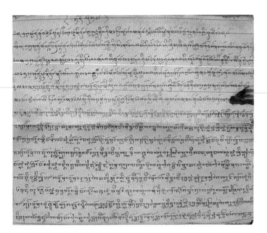

七　文身的未来：传统与现代

　　文身，是西双版纳地区的原住传统。千年来，它在一代又一代人的肌肤上打下烙印，就好像基督教中婴儿的受洗，文身将傣族、布朗族的孩子植根在这片明快的红土地。千年来，它在每一个孩子身上雕刻着独一无二的痕迹，雕刻的技艺融合着外来文化的元素，文身悄然改变着它的形态。柏拉图的认知理论认为，人们制造桌椅，是因为桌椅的idea（意念）先在脑海之中。那么，影响文身形态的idea是什么呢？

（一）傣族文身的美与丑

西双版纳之行，走访了一市两县十多个村寨。可以说，浏览了傣族文身现状。此外，我们还就文身现象请教了西双版纳傣族自治州民族研究专家。在此过程中，印象最深的是他们对于傣族文身的看法。

田野调查之前，曾经对中国少数民族的文身做过案头文献的调研，很多论文、著述论述论及文身的起因，主要包括图腾崇拜、婚姻禁忌、成年洗礼、追求美感等。西双版纳傣族自治州民族研究所的岩香所长总结傣族文身四大作用：傣族的标志、装饰、咒语和祈福。他未强调文身作为阶级尊卑的标志，朱孟震的《西南夷风土记》里记载："（傣族）男子皆黥其下体成文，以别贵贱，部夷黥至腿，目把黥至腰，土官黥至乳。""其色亦分贵贱，大抵贵族尚红，平民以墨。"[1] 而提出文身表达祈福的愿望。这次拜访是在我们到达版纳的第一天。于是，下乡之前，傣族文身给我的印象改变了：由头戴羽冠的土司头人，转为平和向善的芸芸百姓。

十多天的寻访中，我们所见的文身者身份地位的确接近——大多是世代务农，特殊一些的则做过土司的保镖，但也是土司需要时才到土司寨中，平时在家种地。我们并不能据此认定傣族文身的平民性，因为从作为族人标志的作用出发，傣族是人人文身的，当然也包括部落首领。文身作为勇敢的象征，也可能使得贵族文身繁复华丽与普通百姓。但不可否认的是，今天的傣族文身，已经不同于史料记载。

此次调查没有见到文面的傣族人，也许是书中所写的"绣面蛮"。早期文身部位随着时间渐长而缩水，饰齿，如染齿和镶齿等习俗似乎也已绝迹。以传统方式文的现代图案，如爱心、手表以及英文字母已在流行，访谈对象中也已出现电动文身针的使用。种种迹象显示：傣族传统文身已不可见。问及文身者，后代多不文身，他们并不感到习俗丢失的可惜，因为文身太痛苦，不想让后代再遭此罪。悲观地看，这是文化的自生自灭。换一个角度，这却是傣族文身的一个发展阶段。

就在我们叹惋往日傣族文身之瑰丽之时，征鹏老师提出：文身是丑的。父母给予的自然的肌肤是最美的，把皮肤割破，怎能比得上先天的呢？征鹏老师原姓召，是傣族贵族的后裔。他没有文身，因为感到文身不美。出乎意料，而又在清理之中。融入傣族人血液的佛教思想使得万事皆自然。顺应时代产生的过渡阶段的傣族文身令这一传统文化绵延不绝，生生不息。

父母所赐乃完美的肌体与"身体发肤，受诸父母，不敢毁伤"的儒家思想殊途

---

1 （明）朱孟震《西南夷风土记》，中华书局 1985 年，4 页。

同归。这是一种观点。即便是现代
的汉族，潜意识中未尝不将割破肌
肤视为毁容。再爱美的人也不会轻
易在脸上雕刻。每当看到土著的色
彩斑斓的绘面、粗犷的鼻饰、耳环，
或是缜密的劙痕时，我们想到的总
是"视觉震颤"这个词，也认同其
原始力量之美，但决不会将之用于
现代社会日常的化妆术。

Decorated skin: a world survey of body art,
（Karl Groning, London,Thames and Hudson, c1997.）

　　一个时代有一个时代之美，"环
肥燕瘦"已成其典故。同一时代亦有各地域之美。西藏的青天会让江南的水乡窒息，
傣族章哈偏爱从竹楼、从芭蕉中传响。原因何在？美在于和谐。和于时代之脚步，谐
于环境之脉搏。傣族文身同于此理。

　　访谈搜集的信息显示：傣族文身的存在依附于需求。譬如大部分文身者是在寺庙
受教育时文的身。文身是有教养的标志，也显示男子的勇敢，以此得到族人尊重、女
子青睐。也有师傅传授武艺时，将口诀刻于胸臂，作战时可以念诵咒语。还有相当数
量刺于 20 世纪六七十年代越战时期，为在战争保平安的符咒——他们喜欢称作"刀
枪不入"。现在，这些需求逐渐远去。现代物质文明的进入，河面大桥、家庭浴室，
人们不必再在大庭广众下裸露大腿；和平年代、法治社会，人们不必再为上战场时
祈祷"刀枪不入"。文身装饰、咒语的功能不再迫切，忍受剧痛也显得不那么必要了。
傣族文身至南传佛教入驻是一变，汉文化等外族文明再次使之转变。现在的傣族人喜
欢在小臂上刻些经文等傣族标志，有些是父子相传的经文。如此，他们文身主要出于
两种诉求：民族认同和祈福。

　　需求决定傣族人文身或是不文身，以及文什么图案。在以美饰为主要动因的年
代，受文者们在纹身师傅的图谱中选择自己想要的经文、图案，他们统称之为花纹，
这本身就表达了一种美感。文身师傅们则施展技艺，完成一件件独一无二的艺术品。
而当美饰不再必须，甚至感到如此反倒不美之时，文身便自然地消退了。

　　人的需求决定了文身的去留，也决定了文身在人们眼中的美丑。人的需求随时而
变，文身亦如此，但两者并非完全同步。每个人的需求存在差异，一点之变动牵动面
之变需要实践。然而，宏观看来，环境影响下的需求会逐渐成为趋势。趋于和谐，动
态的稳定。

（二）傣族文身的去与留

随着一代代入侵者式的观察，外来文化一点点渗入，生命原貌必然悄然变化。每一次的调查报告所记载的对象其实不尽相同。因此，每一次记录史实，为文化的链条增添环扣，都可谓前无古人后无来者。倘若我们此前所作的一切都是从记录的角度出发，那么现在是思考这些材料意义所在的时候了。人类学家通常做的是从专业视角分析，以小见大，洞察现象背后的联系。

调查之后，我们时常在想：对于傣族文身的去留，我们应该如何选择。随着时代的发展，傣族文身主要作用之一——装饰已不再成为迫切的需求，男人因为腿上没有花纹被嘲笑"不如青蛙"也不似过去那样激烈。长辈不希望后代受苦，年轻人也乐得快活。文化在平静中消逝，就像月夜下沙子龙五虎断魂枪的"不传不传"。但它作为族徽和祈福的作用又使得小面积的纹饰，多为文臂，在傣族中青年一辈中相当普及。

傣族文身发展的直接影响因素是需求。文身与否源于需求，人们对它的评价亦本乎需求。然而"需求"一词显得空泛。好比评价一个人"聪明"，那是什么方面聪明？善于学习、擅长沟通抑或其它？具体说来，"需求"体现在审美、祈福、族群认同这些方面，反映出什么问题？

很多原始宗教下产生的文化，可以从功能需求和审美需求归纳其动机。譬如文身在广义上可作为服饰文化的一支，而服饰文化兼具二者。再看《周易》，千百年来对它的注解，增添了它质朴神秘之美，也培育出八卦、阴阳等用于作战、风水的功能。人们接触或是了解的恰是这些衍生的意义。它们是文化的本质，还是文化的演绎？口耳相传的神话只是重塑而非重现其原貌。换言之，文身原初的含义随着一代代文身者的离去已成为历史。笼罩在现代话语之中的我们，讨论的对象何尝不是傣族文身的现代意义。

文化的多元

傣族文身始于原始宗教，后受到南传佛教的影响。傣族文字随佛经传入产生，也标记了傣族文明之滥觞。无论是作为源泉的古老文化，还是实现"现代"转型的与佛教文化融合的产物，傣族文身都是一笔宝贵的精神财富，是文化的活化石。在世界趋同的今天，多元令我们的生活精彩。正如人们设立种种节日，恨不得每一天都有独特的意义。傣族文身，既是版纳及至云南地区的奇葩，也是文身世界的重要成员。它所蕴含的精神力量也非现代纹身所能比及。

民族本身的认同感和凝聚力

傣族在抗战期间曾大量随军出境，到达老挝、越南，有的后来踏上了欧美的土地。散布世界的数百万傣族至今仍然记得自己的族名，使用傣文，庆祝傣族传统节日。他们的诸多传统习俗当中，文身是他们刻骨铭心的记忆。一望而可知的烙印，不同于帮派标记或是标榜武力的纹身之恐怖。它代表温情与归属。

保留文身文化最大的难题在于采取何种方式。以人的身躯为载体的文身，是否一定要通过文刺肌肤才能够流传下去？答案似乎是肯定的。这令人十分为难。当缺乏这样的载体时，可否另辟蹊径？曾经看到一篇关于原

勐腊曼岭村缅寺门口兽像

始记录的价值的文章，以陈白尘"文革"期间的《牛棚日记》为例，它的价值大不同于"文革"之后涌现的纪实文学，因为其间特殊环境中的情感使得它的真实性远高于文学性而成为珍贵的历史文献。于是想到，版纳文身的记忆应当由我们与傣族文身者共同谱写。将脑海中的故事转化为直观的文字，如同将访谈录音整理成为口述史，既能够保存史料，又便于传播。客观的"限知"视角与内在的全知体验相得益彰的记录，为同时代者甚或后世创造的是更为立体的空间。

傣族文身部位与数量的变迁源于文身功能的自然消长。三大功能之一的消退，文身面积的减少似乎必然。他们希望以此为印记时，文身自然兴盛；他们认为文了不美时，文身轻轻松松地隐去。外族人与旁观者似乎不能够以自己的文化意识强加给世居者，也无力如此。因此，我们的选择并非为它决定什么，而是为傣族文身在自然发展过程作一记录。

（三）傣族、布朗族文身功用的演变

聚居于云南西双版纳地区的傣族及布朗族是有着密切亲缘关系的兄弟民族，使用共同的文字——傣文，拥有共同的宗教信仰——南传佛教，节日风俗也很相近，并且，二者均有着悠久的文身[1]习俗。傣族、布朗族文身如同一颗明珠点缀其特殊的民族文化，又如一幅绵长的历史画卷传承延续其悠久的民族血脉。然而随着西双版纳地区经济文化的不断发展，文身习俗面临物质社会和现代文明的诸多挑战[2]，接受传统文身人数大幅度减少，文身师傅几近绝迹，文身谱图多已亡佚，文身习俗作为其特有的社会文化及生命礼俗的继承与发展日益艰难。傣族、布朗族传统文身正步入它生命的最后一程，但其背影仍闪耀着昔日的光辉。

此次田野调查主要包括文身人基本情况、文身工具、文身过程仪式、文身图样解读等方面。其中以文身图样解读最为重要。文身图样解读主要包括两个方面：一为图饰本身的形态，为图样表层的意思；二为图饰的功用，代表了文身深层次的社会意义及精神内涵，反映文刻该图饰的原因[3]。下文将结合田野调查成果与既往研究着重讨论文身的功用，以期能进行相互验证及补充。

调查对象集中于年龄为40到90岁的傣族、布朗族男性[4]，出生年龄多在文革以前。现将田野调查中23个典型案例中文身人文身动机整理如下表[5]。

---

1 文中"文身"的定义：用刀、针等锐器，在身体的不同部位刻出花纹或符号，并涂以颜色，失之成为永久性的有色纹饰。以其涂料以黑色为主，如墨行文，故称为文身。文中所讨论"文身"多存于少数民族聚居地或偏远地区，区别于现代城市纹身。

2 傣族、布朗族文身习俗濒临灭绝的原因，详见笔者另篇文章《西双版纳州傣族、布朗族文身文化的抢救与保护》。

3 如景洪市傣族园曼将村文身师傅岩应（波亨温）腹部文有一动物，其形态为猴子，功用为使其活动自如。

4 略去一名泰国佛爷。

5 本次田野调查共获34例案例，其中傣族13人，其中景洪市6人，勐腊7人；布朗族10人，曼歪村7人，布朗山3人。鉴于口述史的需要，其中不完整的录音未收入其中，获22例口述史个案，表格中附口述史编号。其余不在口述史之列的，编号略去。一则口述史内涉及多人的，取同一编号。另，文身图样及功用叫文身人档案表格中详细许多。表格主要依据口述史一稿、三稿及随访笔记整理。

姓名	编号[1]	文身部位及图样象形	功用（动机）	备注（补充）
岩温叫	1	左右手臂：经文	美观	
岩温遍	2	左右小臂：1000 个密集排布的空心圆圈	保平安顺畅	战争和恶劣的自然环境促使其文身
		右大臂：傣文咒语（经文）、傣文中的单音节字（不成文，书写方法模仿艺术字）、花纹	咒语表示平安、辟邪；花纹取美观之义；单音节字是出于自己喜欢，没有特殊意义	
		两膝上方至腰部：纹饰，未解释象形[2]	美观、装饰、表示自己是男子汉	
岩叫	3	大腿：纹饰，未解释象形	从众（同在寺庙出家的和尚）；从傣族男子文身的习俗；美观	未刺手臂原因：不及"佛爷"程度，而手臂刺咒语需要在紧急时刻念出，看不了经文，达不到辟邪的作用。图案是文身师傅根据经验选的。
		腰部：纹饰，未解释象形		
岩书	4	左小臂：傣文经文	护身、刀枪不入	好奇；傣族男子到了一定年龄都要文身
		右小臂：全部刺黑	第一次文身之后觉得不好看，之后全部刺黑	
		两膝上方至腰部：纹饰，未解释象形	美观	
波燕囡	5	左右小臂：傣文咒语（口诀）	读咒语时狗咬不进	腿部图案是师傅选择的。习俗：在寺庙当和尚时不文身会被人耻笑。傣族人有两种传统说法：一．水牛都分黑白两种。黑水牛较为值钱，而白水牛很低贱，人不食其肉。没文身的男人就如同白水牛一般没有价值。二．青蛙的大腿都有纹饰，女性讽刺未纹身的男子连青蛙都不如。
		膝上方至腰部：蛇形纹、花形纹（形似花瓣）	美观	

注：1. 指口述史编号

2. 笔者认为形状像鳞片，但文身人无法说出其具体的确切象形

岩坎	6	左小臂:傣文咒语（口诀）	读咒语时狗咬不进	从众（同在寺庙出家的和尚）
		两膝上方至腰部:纹饰,未解释象形	不详功用,文身师傅设计	
岩叫	7	前胸、后背、右臂:傣文咒语（经文）	武功秘诀,护身符,念时可刀枪不入	武功秘诀保密性极高,泄露便会失效,年轻时连观看都不可。傣族崇尚男右女左,故咒语不文于左臂。
		左小臂:傣文中单音节文字	美观	
		两膝上至腰部:纹饰,未解释象形	美观,习俗,当时时尚潮流	
岩真	8	左右小臂:傣文经文	习俗	
岩应（波亨温）	9	前胸:中间有数字的圆圈、方块	代表爸爸、妈妈,"大佛爷、小佛爷",保佑	岩应为文身师傅
		左右两臂:傣文咒语（经文）	狗咬不进,刀枪不入	
		左右手腕:王冠形花纹	猫爪,刀枪不入	
		腹部:猴子	灵活,行动自如,行走天下	
		腰部:一圈拱形	爸爸,保佑	
		左右大腿:蛟花龙纹、花瓣	避水中蛟龙,花瓣起保护作用	
		左右小腿:马	跑得快	
		背部	虎	有力量	
			呈包围结构排布的数字,中间的为人或者太阳	一个数字代表一个人,代表有相应数量的人保护;喊爸爸妈妈,起保佑作用	
岩药	10	手臂:傣文经文	辟邪	
		背部	九官格图案,格子中有傣文	不详	
			正方形图案,对角线,格中有傣文		
			傣文		

姓名	编号	部位与图案		含义	备注
岩糯拉	11	手臂：傣文经书		刀枪不入	腿上还可以文狮子、庙宇。文身表明傣族人的身份，国民党统治时期不会被抓去当兵。相当于一种民族优惠政策。
		两膝上至腰部：花纹（房子角上花），下方为叶子		美观	
岩罕尖	12	手臂：傣文经文		辟邪或刀枪不入（不同地方说法不同）	文身是傣族的习俗
		胸口：傣文字母、图饰		心大、勇敢、胆大	
		背部：九宫格，格内有傣文		吉祥如意	
岩庄	13	手臂：傣文经文		多表示辟邪、刀枪不入	解读常见的一种纹饰，认为相同的图案，在不同的地方有不同的解释
		动物		表示人与动物的和谐共处	
		腰部：环腰的莲花型		莲花座	
岩坎儿	14	前胸	人脸图形	不详	其手臂图案与他人不同，原因据称为"佛爷"的图案与他人不同
			蜡烛		
			太阳		
			凤		
		前胸到左右手臂：龙		当了"佛爷"以后要文上龙，但不是"佛爷"的人要文龙只要诚心也可以	
		右大臂	九宫格，格内有傣文数字	不详	
			矩形，内有图案		
		右小臂：傣文经文		刀枪不入	
		左小臂：白花		不详	
岩叫儿	15	左右手臂：傣文经文		刀枪不入	
佚名	15	右上臂	矩形，内有图案	护身符，防止鬼上身	寺庙外和尚，有文身技术
			格子：内有傣文数字	代表身上不同部位	
		部位不详：花与蜻蜓		美观	
佚名	16	前胸：矩形、不规则性格，内有傣文单字		美观	曼歪村村名

岩康龙	17	前胸：傣文数字	保佑	心诚就文身，图案是"佛爷"选的
		手臂：两条龙，中间一个太阳	不详	
		后背：花	不详	
岩温南	18	前胸：不详	无意义	文身以后壮胆，什么都不怕
		后背：不详	无意义	
		左右腿部：花	装饰，美观	
岩怕南	19	前胸：数字、圆圈	保平安	文身图案依据出生年月及具体需要选择，治病及祈福所文的图饰不同。
		左右两臂：矩形格，内有傣文数字	不详	
		右大臂：花	装饰、美观	
都应	20	左下臂：纹饰，未解释象形	从众，好奇，无特殊意义	后期的文身是一位泰国"佛爷"（即下表中阿赞苏利亚）文的。傣族、布朗族用文身表明自己民族身份及性别。不文身女孩不嫁。
		右小臂：巴利文佛经	护身	
		左小臂，右手背：图饰，柬埔寨文单字	护身	
		右手心：莲花	美观	
岩勇南	21	右大腿：纹饰，未解释象形	美观，从众	
岩帕宝	22	部位图饰不详	刀枪不入	
			美观	
阿赞苏利亚[1]	23	前胸：巴利文	心，得到众人爱戴、支持	泰国人后背文身未上色，原因是上色了不美观
		右手背：太阳	太阳表示大地的守护神，保佑	
		后背：经文	不详	

国内学者对文身功用的分析主要有图腾崇拜说、避害说、标志说、荣誉说、美饰说等。

图腾崇拜说

此说法最早见于岑家梧《图腾艺术史》一书。大意为：图腾崇拜之氏族认为其

---

1 与上表中都应相印证，不作为下文依据。

成员起源于某种动植物或其他物体，相信其与某种动植物有着亲密的血缘关系，视其为保护神而顶礼膜拜。他们将图腾形象文在身上，以求得庇护。据受访人及西双版纳傣族自治州民族研究所所长等学者所谈，傣族、布朗族文身在佛教传入以前已广泛存在。但其特有的文身形态、文身工具、文身方法在田野调查中已不可考。在佛教传入之前，傣族、布朗族崇尚多神、泛神崇拜，认为花草树木均有其神灵。现今两族男性仍文有动植物图案，但其对该种图案意义的解读已不带有图腾的含义。

小和尚文身上臂为现代文身，小臂则忠实传统

避害说

"以避蛟龙之害"（《汉书·地理志》）是古史中解释异族文身动机的最重要原因。对于文身避害作用存有两种解释。一种认为类似蛇虫鳞片、形状的图案类似于动物的保护色，可以让水中的生物误以为在水下（水田）劳作的人为其同类，不加伤害。另一种看法认为文身之所以可以避害乃是源于图腾崇拜。即"期待这一图腾所具有的被认为是有益的特性可以移之于文身者"，或者希望借助文身使自己崇拜的图腾神灵附于己身而受到庇护。

由笔者看来，文身人腿部的文身图饰非常相似，形状多类似蛇形文、鳞片纹。除波燕囡老人明确指出其腿部纹饰为蛇形文及花形纹，多数受访者未能说出其象形。据称图案是文身师傅所选，像什么、是什么都没有告知。波亨温老人是一名文身师傅，其腿部纹饰为蛟龙纹、花形纹，寓意水中蛟龙，起保护作用。这与《汉书·地理志》中的说法相合。另外，波亨温身上所文猴子代表行动自如，马表示跑得快，而中间带有傣文数字的矩形格，代表父母及佛爷，危险时刻其保护作用，可能与傣族传统的祖先崇拜有关，希望通过文身来求得祖先的保佑，避免妖魔鬼怪的危害。西双版纳傣族自治州报傣文编辑岩庄认为，文上动物表示希望人与自然和谐共处。我们可以窥见此种层面的"图腾保护避害"作用或许曾经广泛影响傣族、布朗族传统文身，但单凭本次田野调查所得无法进行印证。

随着时代的变迁，起"避害"作用的图案表现形式有所增加，意义也更加广泛。从图样上来看。文字的产生和佛教的传入，为傣族、布朗族传统文身注入了"经文"这一鲜活的血液，纹饰不再是单纯模仿自然界生物，如内有傣文的方格。从意义上来说，从抵抗自然生物的危害更多扩大到广义上的祈福。傣文经文多为护身、辟邪之义，大多数老人都文有表示"刀枪不入"的武功秘籍，或者"狗咬不进"的"咒语"，遇到危险时将经文念出，便可保平安。此类文身拥有很高的保密性，如果泄露变会失效。

标志说

文身者希望通过文身来与其他民族、氏族甚至是与鬼及神灵等相区分，而民族内部则通过文身来区别男女。有多位老人提到，在战乱时期，傣族、布朗族在战场上通过文身区别敌我以及不同的部落，也通过文身来辨认尸体。而曾经的"民族优惠政策"正是以是否文身是村民是否享用不参军优惠的凭据。在过去的傣族、布朗族内部，文身是男性的标志，是勇敢的象征。虽然女性也有少量文身，但不论从文身群体、文身部位和文身图样上来说都与男性文身不可同日而语。

荣誉说

文身有着同族荣誉认同感的意义，也是社会地位的象征。曾经，傣族、布朗族中不文身的男性会受到众人的耻笑，也没有女性愿意下嫁。傣族女性认为"青蛙的腿上都有花纹，阿哥的腿上怎能没有花纹"？另外，黑牛在其心中拥有较高的地位，而白牛则是没有价值的，"人不食其肉"。不文身的男性就像白牛一样，在族人心中是没有地位的。在布朗山上时，村民提到，当了大"佛爷"之后便要文上两条龙，以表示大"佛爷"的身份。但是普通人只要心诚也可文龙，这大概表示了阶级区别的弱化。

美饰说

这种观点认为，文身是一种美，一种审美观念的体现。在考察过程中，我们发现文身是出于一种审美考量的说法在受访人中占有很大比例。特别是两膝至腰部的文身，大多数文身人已经无法说出其纹样的具体象形和其他意义，至于其在美观背后是否还有其他更深层次的内涵，还有待更多史料的证明。

傣族、布朗族的文身历史悠久，其产生远在佛教的传入（文字传入）之前。文身是这两个民族的传统习俗，也是其特有的精神文化标志和曾经的时尚潮流。发展至今，美观与庇佑的功能已经渐渐取代了可能存在的深层次的社会功用。

（四）傣族、布朗族文身中传统与现代的融合

在此将西双版纳地区的傣族、布朗族文身合一而论，主要基于考察所得事实：布朗族文身主要为傣族师傅所文（另有部分为泰国师傅所文），文身内容与傣族文身亦无明显差异。根据勐海县布朗山乡布朗村 61 岁村民岩帕宝所言，其主要原因是由于布朗族未创立独立的文字系统，因此在文化上受周边有文字记载的傣族影响颇深。

文身目的

在调查所涉及的区域内，文身在佛教传入前后呈现不同情况。

佛教传入前，主要文身目的包括家族识别、美观及证明勇敢，传播方式主要是人际传播。据老人介绍，在当地流传流传着这样一些说法：如文身能够帮助人死后与祖先相认；再如能够承受的了文身疼痛的人才是勇敢的，因此有"不文身腿白白的只能跟女人一起洗澡""不文身的人娶不到媳妇""连青蛙身上都有花纹人怎么能没有呢？"（意为没有文身的人连小小的青蛙都不如）

佛教传入后，佛教信仰融入了之前的价值观念。大部分文身者是在当和尚（即受初等教育）期间进行文身，普通人则没有强制文身规定。这一时期，文身的目的也更加多样化，有庇护以及纯粹的从众、好奇心理。所谓庇护，主要是指将特定经文文到身上起到如"刀枪不入"的作。一个非常生动的实例是勐腊县勐满镇曼洪村的波燕囡老人。他十岁文了"不怕狗咬"的经文后特意去找狗试验是否灵验，结果五次被咬伤，可见人们对于文身庇护有着真诚的信服。从众心理则仍基于之前的勇敢说，即认为如果别人文而自己没有的话就显得另类或胆小。

除以上目的外，另有一类与职业传承密切相关的文身。如调查中访谈的勐腊县勐腊镇曼掌村的岩叫老人，其身上所附文身经文等就是习武做保镖时师傅传授的口诀、秘籍，兼有神灵附体庇佑的功用。老人对此深信不疑，并一直恪守着保密及不允许女人碰的规定。据老人讲述，像这种非常"厉害"的经文为了防止被泄露害人，必须严格保密，老人本人也没有将其传授弟子的意图。这类文身不以传播为目的，而更多被赋予正义、道德的内核，有其积极而感人的方面，但随着职业的衰落，注定难以长期维续。

文身图样及部位

西双版纳傣族、布朗族文身并非强制性活动，也无过多复杂的仪式，操作工程中

曼歪村骑摩托的小和尚

宗教性并不浓厚。文身师傅的角色除了由村寨中德高望重的大佛爷承担外，也作为一种谋生职业，产生了很多四处游历替人文身者，更削弱了其神圣性和宗教意味而偏向于一种习俗、文化。其中较为正统的文身师傅有代代相传的图谱、经文以供参考。一般来说，文身图案由文身师傅根据文身者生辰八字等推算其适合的图案，也有根据文身者个人喜好（如喜欢的老傣文、发音等）自行选择图案。从文身者整体来看，在文身部位与图案对应上有规律可循——下体文身主要起美观作用，而经文等庇佑作用符号图案则只能文在上体。

庇佑内涵的演变

在文身现象较为集中的村寨，文身者大致可分为三类，且具有年龄分布的特征：65岁以上，45岁至65岁之间及45岁以下三类。文身所延续至今的精神内涵为庇佑和保护，所以文身都是以庇护为主，纹样为经文和宫格数字，保存在文身师傅的图谱中，变化不大。而具体到庇佑的内容，则有其时代性：

65岁以上文身者为代表的傣族、布朗族时期。这一阶段的文身者文身面积大，且图案严格遵照传统纹样，庇护目的基本为防止被水淹、吓走野兽、防止蚊虫叮咬等与生产生存密切相关，较为原始。另一方面，当时文身作为衡量一个人是否勇猛的主要标准且勇猛作为衡量个人价值、能力主要标准因而备受追捧，文身者通过忍受疼痛证明自己，提升自己的社会地位。

45 岁至 65 岁为代表的傣族、布朗族时期。这一阶段特点较鲜明的主要为中越战争时期的文身者。在 1979 年至 1989 年近十年的中越边境冲突中，居于中越边境的傣族、布朗族人大量进入军队，保卫疆土。（至今当地仍有民兵组织）这一时期的文身则被赋予在战争中刀枪不入的庇佑含义，成为鼓舞军心的重要因素。

45 岁之下文身者相比之下略显复杂，文革期间曾将文身作为四旧着力破除，所以这一时期文身这明显减少，处在这一年龄段的家长大多表示不愿孩子承受文身痛苦，因为在新时代身强体壮已经不再是衡量人的能力的主要标准。因而这一时期取文身庇佑之意者大多文身面积很小（文身师傅和大佛爷除外），也就意味着文身的庇佑与彰示勇敢作用逐步分离。美观则成为大面积文身的主要意图。

文身图案的时代性

文身不仅是传统文化的延伸，也是现实社会的折射，不管是被定义为符号还是一种艺术形式都不能脱离社会背景独立存在。建国初期文身图样增加毛主席像及"毛主席万岁"、"永远忠于毛主席"字样就带有非常深刻的时代印记。调查中走访的文身现象较为普遍集中的村落常常是传统文身与现代纹身的熔炉，这不仅体现在同一村落不同年龄阶段在文身图案、面积、审美观等方面的差异，也集中体现在同一个人身上不同时期所文图案所呈现的不同风格，诸如蝴蝶、玫瑰、鹰、一箭穿心、蝎子等现代纹样越来越成为新的时尚。然而当传统文身与现代文身同时存在于一人之体时，又有一种新的风情在其中，传统文身的信仰和美观作用也出现分离迹象。至此可见，传统文身最初的综合内涵已部分弱化或被替代，民族识别及信仰庇佑则相对凸出。

文身的文化土壤

主要体现在三个方面：首先是具有非强制性，文身者有选择是否文及部分文身内容的决定权；其次是女性文身较少，基本原则是不允许，但也有部分女性于腕部文小型符号；最后是具有国际性。伴随佛教的传播，西双版纳傣族、布朗族文身同样受周边国家如泰国、缅甸的深刻影响。缅、泰文身师傅的进入也对这种交流起到促进作用。

调查中发现，西双版纳傣族、布朗族文身发展至今，在保留传统技艺和以美观、庇佑为主的精神内涵的同时，在文身图案、工具等方面都有了或多或少的改进。其恒久不变者，最终浓缩为文身作为民族识别、凝聚的符号和代言，即便这个时代文身并不符合中华民族主流审美取向，但一句"傣族人都应该有"便为文身赋予了永不过时的含义。所以在此探讨当地文身的变与不变，不仅能够帮助理解其得以流传至今的原因，也能够由此探究其现实意义。进一步来讲，研究文身的时代性也可以为研究传统文化与现代融合提供一条思路。

西双版纳傣族、布朗族文身的传播过程也是当地传统与现代文明融合的过程。之所以在加入时代因素的同时能够保证当地传统文身的延续，在于保持了文身族群识别和信仰庇佑的核心内涵，因而当传统文身的其他功能，如美观、彰显勇敢等相继衰弱或被部分替代，传统文身仍是西双版纳傣族、布朗族文化历史的重要组成部分。

（五）从田野调查看傣族、布朗族文身师构成的迁移

田野调查过程中的零星片段令人感到西双版纳地区文身师的神秘。因此从访谈对象（包括文身者、文身师以及翻译者）的叙述中梳理出相关信息。发现文身师构成从手艺人到"佛爷"的构成的迁移。文身是傣族、布朗族人文化的记忆，书写者在文化记录中扮演了重要的角色，其结构的变迁也因之成为重要而有趣的文化现象。联系访谈过程中的其他资料，可以认为：解放后禁烟使得吸食鸦片的文身手艺人消失的外在影响之外，当地傣族、布朗族人对于经文文化的崇拜是这种迁移的内在动力。

西双版纳地区的文身师是一个奇特的群体。

一种住在村里，等着周边的人上门请他文身，这往往发生在人口密集的村寨。另一种则四处云游，根据经验判断哪里大部分年轻人到文身的年龄了，他就前去，而这些基本是规模较小的村寨。

对文身师主持的一些仪式进行描述时，医术多次作为相似的角色出现[1]，大概描述者认为"医生"一词为汉人较易理解而将之作比。翻译罗锋用"神神秘秘"[2]这个词来形容这些场景。文身师岩帕南则说文身如同行医，对症下药。有的文身师也会医术，如波亨温，更增添了两者的关联。

访谈记录中提及的 21 位文身师明细下表。

除去未详细说明的七位文身师，手艺人和"佛爷"约各占一半。未详细说明者也是这两种类型中的一种。

手艺人（六位）。勐腊县勐满乡连续三位老人都回忆他们的文身师是吸鸦片的。一般从事这个行业的人都是因为吸食鸦片，做农活没有力气，只能以此谋生。他们上门给人文身时不报姓名。[3]"佛爷"（八位）。"佛爷"多为寺庙里的大佛爷，他们给小和尚文身，给下一任大佛爷文。因为师徒关系，常常是不收费的。大佛爷区别于他人的纹饰，也是由上一任的大佛爷传授。

文身师是手艺人的案例中，受文者多为七八十岁的高龄者。"佛爷"任文身师的案例中，受文者年龄以三四十岁居多。受文者的年龄分布与文身师的类型，佐证了解放后以文身谋生的手艺人渐渐绝迹的说法。

文身手艺人的绝迹是因为解放后的禁烟使得吸鸦片丧失劳动力的群体消失，即有

1　当地人称医生为 /MO YA/。

2　见 7 月 20 日岩叫访谈录。

3　见 7 月 19 日岩叫、岩书、岩坎采访谈录。

日期	文身师	类型	花费
	傣族区		
7月19日	岩温遍（73岁）的文身师	手艺人	4个银元
	岩叫（89岁）的文身师	手艺人	2个大洋
	岩书（88岁）的文身师	手艺人	5个银元
	波燕囡（71岁）的文身师	手艺人	小臂用烟换、两腿共4个银元
	岩坎（79岁）的文身师	手艺人	3个银元
7月20日	岩叫（80岁）的文身师	"佛爷"兼武师	6个银元
7月21日	岩真（57岁）的文身师	傣族园表演者，不详	两手各100元
	波亨温（岩应）（64岁）	本人是"佛爷"兼武师、巫医	未说
7月22日	岩药的文身师	不详	3个大洋
	岩糯拉（78岁）的文身师	手艺人	2个银元
	岩罕尖（63岁）	"佛爷"	每次20、30元钱随意
7月26日	阿赞苏利亚（34岁，泰国人）	未提，不详	80泰铢
	布朗族区		
7月24日	岩坎儿（32岁）	大佛爷	未说
	岩坎儿（32岁）的文身师	长老（大佛爷）	龙是50元，其他的一个10元
	岩康龙（35岁）的文身师	大佛爷	是他们的师傅，没收钱
	岩温南（74岁）的文身师	从勐海请过来的傣族人，不详。	6个银元
	岩帕南（41岁）	大佛爷	未说
	岩帕南（41岁）的文身师	不详	前胸和两臂各半个银元，右上臂5个银元
7月25日	都应（40岁）的文身师，即泰国人阿赞苏利亚	大佛爷（泰国人）	未花费
	岩帕宝（61岁）的文身师	勐海景深傣族师傅岩勇，不详	一百多元，请师傅吃饭并送衣服
	岩勇南（74岁）的文身师	未提，不详	10个铜钱（约人民币七八十元）

以文身为谋生手段需求的群体消失。可以说，除环境影响之外，文身师类型的迁移有其内在的精神动力。

经文纹饰的崇拜。田野调查给我们留下印象最深的故事之一，就是波燕囡的"以身试狗"。现年71岁的波燕囡充满童趣地回忆当年，文身师告诉十岁的他胳膊上刻的经文有"狗咬不进"的功用，于是他就去找村里最凶猛的狗验证，结果被咬了。他不相信经文不灵，又去试，结果被咬了五次。

与之形成鲜明反差，另一位文身老人现年80岁的岩叫——早年任土司保镖，武功了得。对身上的纹饰十分守密。翻译介绍说以前他是不让人看的，女性更不能碰到，那是武功秘籍，能够刀枪不入的上乘武功的口诀。现在老了，没什么用了，才同意示人。并且，访问结束时，他拒绝对纹饰拍摄。

二人对待纹饰含义的方式——一个公开，一个保密。

公开与保密的划分更多地存在于对不同含义纹饰的态度。

起装饰作用的花纹是公开的。过去趟水过河或是在河里洗澡，腿上有花纹的才被视为男人。腰上文身比腿上更痛，忍耐力强的才敢刺。于是，花纹的美丽繁复程度作为勇气的象征炫耀给别人看。经文也有公开的情况，就是在发挥傣族、布朗族族群标志的作用时。但只是作为标记，内容是转为密码的咒语。

上身文刺的经文的内容是保密的。所用文字是巴利文或其基础上创造的老傣文。过去，男孩出家进寺接受教育，最基本的目的之一就是识字；现在，西双版纳地区的通行文字是新傣文，只有老人们才能够认识老傣文。男孩入寺学习虽然普遍，但不是全部，有些因为家里劳动力需要或自身兴趣，小时候没有出家受教育，为了能够明白身上文刺的武功心法，专门学习了老傣文。其次，有些经文在文刺时采用缩略语，如用一个字母代表一句口诀。最重要的内容文在胸、背，还可以借助衣服盖住。因此，有机会并且能够识读文身经文的还是少数。换言之，文身中经文的内涵是保密的。

保密的极端是化有形之纹饰为无形之意念。例如武师岩叫的后背文满了武功口诀等。

同样是书写令人敬畏、崇拜的经文的文身师，同样是占据少数的识字群体，手艺人和"佛爷"的社会地位相去甚远。"佛爷"，可能还兼任武师、巫医等角色，是文化的掌握阶层：作为传道授业的途径，给年轻的僧侣、继承人刺涅护身祈福、刀枪不入咒、武功口诀等经文。手艺人却因吸食鸦片丧失劳动能力[1]。岩温遍的文身师大家都不

---

1 见7月19日岩叫口述记录。

知道其大名，只记得给他起的绰号，音译为"波涛大人"，意思是眼睛不好的老人。[1]

今天的傣族、布朗族，更多地选择文刺含有护身、祈福含义的经文，而丢弃同样是传统的装饰图案。一方面是因为客观条件的变迁，如汉化的服饰使腿上的花纹失去展示的机会，社会的稳定不再需要文身来证明勇敢等。一方面也反映出这样一个事实：经文纹饰得到了更为深远的认同。

文身师构成的变迁并非单纯的消减所形成——对于手艺人和"佛爷"态度的区别，以及对经文纹饰的崇拜，为文身师群体构成的迁移提供了内在动力。人们崇拜经文的心理，曾经为手艺人提供了生活的源泉；事实上，这种针对经文本身的崇拜没有给文身手艺人带来地位的提升。

---

1 见 7 月 19 日岩温遍采访谈录。

后 记

行走途中

　　青青蓝天下，汩汩的澜沧江畔，参天的龙竹，掩隐着悬空通透的吊脚楼，流淌出悠扬的章哈。红土地上生生不息的淳朴，翠墨纹饰默默传诵的灵符。在祖国的西南角跋涉的 14 日，我们浸润在古老文化默默的注视中，感悟那分量与责任，也为那真淳与质朴感动。

　　我们的调查追求真实。田野调查搜集第一手资料，而非仅仅阅读前人的报告，之后我们再加以分析。我们希望用自己的眼睛去观察，不带成见地去记录。如口述史，让文身者自己讲述。过去常用的地理方志，如宋代范成大《桂海虞衡志校注》，宋代周去非《岭外代答》，较多为行游笔记、回忆，难免富有文学性、描述性的语言，观察者的视角时时介入。其价值不可忽视，但后人阅读时与真实终究隔了一层。因此，我们在调查过程中采用录音、录像、笔录、问卷等即时手段全方位客观记录，力求留下一份真实、原始的材料。但不可否认，文身者自己的讲述也只能作为研究的文本，而不能以绝对历史的真实来看待。因此，原始材料仍需从较为个人的角度去辨析、解读。这样一份客观的记录则是为研究增加延续性。

　　我们秉持采用专业视角科学记录、整理文身现状的原则。例如：口述史、人类学记录表格、村落普查、数据库编辑、传世图谱编录等。其中很多都是之前关于文身文化的记载所不曾使用的记录方式和内容。如首次对西双版纳勐海县布朗山乡曼歪村全村 334 人进行文身情况普查并进行数据分析，其意义在于：村寨较为闭塞，保持了较为传统的生活方式，可作为西双版纳地区文身现状一个缩影，与个案研究相比照。

　　凭藉外来文化者的敏感，我们认为：西双版纳文身具有阶段性，并处于历史的发展之中。在海南黎族的文献记录中[1]，文身呈现消失的趋向。因此，在调查之前，我们对于傣族、布朗族的文身也有一定的预设：随着时间流逝，文身者的数目越来越少。但在实地走访中却渐渐发现，尽管传统文身的时代已经接近尾声，却以另外的形式留在现存的文身中。譬如文身工具虽然已经改变，甚至出现电动文身针，传统经文的纹样作为民族的标志依然流行。再如具有时代特征的纹样，如"文革"时的毛主席字样、头像，都是传统的文身方式刻下的痕迹。因此，从我们认为：西双版纳少数民族的传统文身不是统一的形态，而是其历史发展中的几个阶段。

西双版纳调查期间，我们得到了许多老师的帮助。温文儒雅的西双版纳彝族自治州民族宗教局岩香宰局长，为我们接洽市县的民族宗教局，他对傣族、布朗族文身也有研究，提供了很多文身者分布的线索，并赠送介绍西双版纳风情民俗的书籍、光碟。在勐腊县相处三日的的罗锋师傅，安排了我们全部的食、宿、行。他既当司机又做翻译。记忆最深的是第二个工作日，他带我们去离国境线十公里的勐腊乡曼洪村，开夜车回到县城已是深夜 12 点。勐海县曼歪村克三支书，也是作为向导和翻译，带我们走访曼歪村中文身多且有特色的人家，协助完成了对全村文身情况的普查。州民族宗教局的岩勐副局长、勐腊县民族宗教局妹安局长、西双版纳报社岩说老师、勐海县岩叫书局长、布朗山乡的俞智新老师、岩三洪老师、景洪市傣族园的岩空哈主任、征鹏老师、段其儒老师、州民研所岩香老师，都给予了我们巨大的支持和帮助。

最后，尤其要感谢的是玉康龙老师的指点和联系，让我们在当地得到了上述社会诸多方面的扶持，使田野调查得以顺利进行。

赵丽明 许多多
2010 年 7 月于清华园

---

1 较为权威和完整的一篇论文是刘咸《海南黎人文身之研究》，《民族学研究集刊》1936 年第 1 期。